Histoires indiscrètes d'une famille sans histoire

Du même auteur

Avril rouge
Seuil, 2008
et Points, n° P2142

SANTIAGO RONCAGLIOLO

Histoires indiscrètes d'une famille sans histoire

roman

TRADUIT DE L'ESPAGNOL (PÉROU)
PAR GABRIEL IACULLI

ÉDITIONS DU SEUIL
27, rue Jacob, Paris VIe

Titre original : *Pudor*

ISBN original : 84-204-6730-8
Éditeur original : Alfaguara,
Santillana Ediciones Generales, S. L.

ISBN 978-2-02-090280-9

www.editionsduseuil.fr

À Carla, qui a été une famille
et aujourd'hui n'est plus qu'une histoire

Le premier fantôme se manifesta le jour où sa grand-mère mourut, à l'hôpital. Il y avait déjà deux semaines qu'elle était là et Sergio allait la voir tous les après-midi, avec sa mère et sa sœur, Mariana. Ils parlaient beaucoup des belles choses qu'ils pourraient faire quand elle serait sortie. Mais, avec tous les tubes qui lui entraient dans le nez et la bouche, elle était incapable de dire un mot. Elle n'avait pas non plus l'air de les entendre. Sergio ne comprenait pas pourquoi ils lui faisaient ces visites ; c'était comme parler à un lit vide.

De plus, son père lui avait promis de l'emmener à Disneyland, ce qu'ils ne feraient que quand sa grand-mère irait mieux. Chaque après-midi, aussitôt arrivé, Sergio lui demandait pourquoi elle ne guérissait pas pour qu'il pût aller à Disneyland. Et il la suppliait d'aller mieux, vite, s't'plaît, s't'plaît. Alors, sa mère riait tellement fort qu'elle semblait vouloir briser les fenêtres. Et elle n'arrêtait pas de dire à grand-mère qu'elle avait bonne mine. Puis, quand ils étaient seuls, elle le grondait. Il était évident que sa mère ne voulait pas aller à Disneyland. Pas plus que Mariana qui faisait la tête et croisait les bras, sans desserrer les dents, dès qu'ils se rendaient à l'hôpital. Quoique, réflexion faite, Mariana était toujours comme ça.

Le dernier jour, le docteur leur annonça qu'ils ne pouvaient pas voir la patiente. Puis il entraîna la mère de Sergio à l'écart et lui dit des choses que Sergio ne put entendre. Sa mère revint auprès d'eux quelques minutes plus tard. On voyait qu'elle était soucieuse. Elle dit qu'elle allait acheter des médicaments et laissa les enfants dans le couloir. Quand elle fut partie, Mariana déclara qu'elle avait des trucs à faire.

« Où vas-tu ? lui demanda Sergio.

– En quoi ça te regarde ? répondit Mariana.

– Je le dirai à maman.

– Ne l'appelle pas maman. Tu as été adopté.

– Menteuse !

– C'est vrai. On t'a trouvé dans un sac-poubelle devant la porte. Et on pourrait t'y remettre. »

Sa mère lui avait maintes fois dit qu'il n'était pas un enfant adopté, mais quand Mariana l'affirmait, elle semait en lui le doute. Sergio préféra la laisser partir pour ne pas être plus longtemps tourmenté. Il lui tira la langue. Elle répliqua en levant le majeur pendant qu'elle s'éloignait. Sergio resta dans le couloir à jouer avec son

Robotruck (qui se transforme en camion). Il livrait une bataille importante contre les centaures de Gondrath. Il avait détruit tous les convois ennemis, et sa mère n'était pas encore revenue. Sergio eut l'idée d'aller jouer avec sa grand-mère.

Sa mère lui avait dit que grand-mère ne pouvait pas se lever du lit mais on peut toujours, sans se lever, jouer à beaucoup de choses : aux cyborgs, au pendu, à la guerre des crachats. Sergio prit son jouet, ouvrit la porte 366 et entra. Sa grand-mère était reliée à divers appareils et bouteilles dont les prolongements tubulaires s'inséraient dans son bras gauche, son visage et sa poitrine. Il trouva qu'elle ressemblait à Robotruck et se dit qu'ils allaient pouvoir jouer à l'invasion des androïdes. Il lui en fit la suggestion, mais elle ne répondit pas.

Sergio s'approcha des appareils. Il y en avait un, électrique, qui pouvait être le tableau de contrôle d'un vaisseau spatial, avec ses boutons et ses aiguilles qui oscillaient. La bouteille d'oxygène pouvait être le réservoir de carburant, et les tuyaux, les circuits de distribution du combustible. Il monta sur le lit et se mit à piloter l'appareil, assis dans la cabine sur les jambes de sa grand-mère. Il eut un peu de mal à les mettre en place de manière à ce qu'elles puissent lui servir de siège, mais il y parvint.

À la moitié du voyage interplanétaire, il s'avisa que la paroi en face de lui était blanche. Ça n'allait pas : l'espace intersidéral est noir, avec de petites étoiles et des astéroïdes. Il dut descendre, pousser un peu le téléviseur que l'oncle Roberto avait apporté à grand-mère et le placer juste en face du lit. Maintenant, oui, l'espace était noir, même si le reflet de la lumière qui entrait par la fenêtre gâchait un peu l'effet. Sergio reprit position sur l'aïeule et traversa trois galaxies et un système planétaire avant de se rendre compte que sa grand-mère était aussi dure que du métal antigravitationnel.

Il redescendit du lit et lui demanda à quoi elle voulait jouer. Une fois de plus, il n'obtint aucune réponse. Il s'approcha d'elle et lui ouvrit un œil du bout des doigts. Elle avait la peau sèche et froide, mais il ne s'en émut point. Il se contenta de sourire en la voyant cligner de l'œil de cette manière. Jamais elle n'avait su faire ça. Sergio ferma celui qui était ouvert, ouvrit celui qui était fermé, et sourit encore. « Tu vois, mémé, lui dit-il, tu peux cligner de l'œil, maintenant. Des deux. » Il referma celui qui était ouvert, appuya sur la jambe qu'il avait déplacée pour s'asseoir dessus, et découvrit que sa grand-mère ne pouvait bouger la jambe : ou elle bougeait tout entière ou pas du tout.

Il la poussa autant qu'il put et s'aperçut qu'elle n'avait plus ses dents dans sa bouche, mais dans un verre sur la table de nuit blanche. Il avait toujours voulu essayer la denture de sa grand-mère pour être comme les requins, qui ont plusieurs rangées de dents. Il les sortit du verre et tenta de les faire entrer dans sa bouche, sans y parvenir.

Il essaya alors de les remettre à sa grand-mère, mais le trou qu'elle avait maintenant à la place de la bouche ne ressemblait plus à rien.

Sergio se dit que les dents n'étaient peut-être pas à elle, que quelqu'un d'autre avait dû les oublier dans le verre d'eau, quelqu'un qui n'avait sans doute plus besoin de sourire comme on sourit à l'hôpital. Il se dit aussi que sa grand-mère était peut-être démontable comme les robots quand ils sont mis au rebut, réduits à l'état de débris. Il fourra les dents dans sa poche et ouvrit le tiroir de la table de nuit. Il y avait là quelques fards que sa mère avait tenu à apporter à grand-mère, un miroir à main, un flacon d'alcool et des médicaments. Il glissa aussi l'alcool dans sa poche. Il ferma le tiroir et remit la télévision à sa place initiale. Puis il se mit à hurler. De toute la force de ses poumons.

Quelques minutes plus tard, plusieurs médecins et infirmières étaient agglutinés dans la chambre, tout autour de sa grand-mère. Ils semblaient être très pressés, s'empoignaient et criaient. L'un d'eux se mit à frapper la poitrine de la vieille dame ; un autre lui leva les jambes et la relia à un câble, comme s'il n'y en avait pas déjà assez pour une cabine de vaisseau spatial. Ils étaient tellement agités qu'ils ne remarquèrent même pas la présence de Sergio, pelotonné à côté de la porte de la salle de bains.

C'est alors que le fantôme fit son apparition. C'était une femme. Elle entra par la porte, avec une chemise à moitié ouverte dans le dos et une bouteille de sérum à la main, en essayant de lisser un peu ses cheveux, comme prise au dépourvu. Quand elle vit l'affairement autour du lit, elle s'arrêta pour observer la scène avec curiosité. C'était une femme très étrange. Elle sentait le médicament avarié, elle était grossièrement maquillée et avait les cheveux longs ébouriffés. La cicatrice d'une opération à la poitrine dépassait de la chemise et pointait vers son cou. À peine eut-elle compris ce qui se passait qu'elle regarda tout autour d'elle pour savoir où elle se trouvait. Les appareils, les médecins et l'affiche de l'infirmière souriante, un doigt sur les lèvres, lui confirmèrent qu'elle était bien dans une chambre d'hôpital. Puis elle se tourna vers Sergio, qui la regardait, fit un bond en arrière comme si elle venait à peine de le remarquer, et lui demanda :

« C'est moi, ça ?

– Non, c'est ma grand-mère, répondit Sergio.

– Ouf, encore heureux », fit-elle en poussant un soupir. Elle regarda encore autour d'elle, puis s'adressa de nouveau à Sergio : « C'est sans doute beaucoup mieux pour elle. »

Sergio préféra ne pas répondre. Parfois, quand papa se plaignait de l'attitude de quelqu'un, maman disait : « Il doit avoir ses raisons », et elle laissait tomber. Sergio pensa que le fantôme devait lui aussi avoir ses raisons de parler des morts de cette manière, sans la moindre retenue, sans s'inquiéter de sa chemise ouverte, et en postillonnant sur l'affiche de l'infirmière qui souriait, un doigt sur les lèvres. Mais le fantôme ne resta qu'un moment dans cette position, puis se tourna vers Sergio, comme s'il venait une fois encore de découvrir sa présence.

« Je sais qui tu es, lui dit-il. Toi aussi tu es mort. »

Une infirmière arriva, avec un masque sur le visage, et fit sortir Sergio de la chambre. C'était un masque blanc, ouaté comme le silence de l'endroit.

Le soir même eut lieu la veillée funèbre à la morgue de l'hôpital. La grand-mère de Sergio fut présentée à la famille dans un cercueil avec une bougie électrique à chaque angle. Elle n'avait pas son dentier, mais on lui avait rempli la bouche de coton. Quelques petits filaments blancs sortaient d'entre ses lèvres. Sergio eut peur de voir apparaître le fantôme et d'être également chassé de cet endroit, mais rien de particulier ne se produisit. Les hommes entassés dans les coins de la pièce se racontaient des blagues salées ; les femmes pleuraient de part et d'autre du cercueil, avec un chagrin las, comme si elles se défaisaient des dernières larmes gardées pour la circonstance, mais sans les gaspiller, pour ne pas rester privées de ressources à la prochaine occasion. En regardant le corps rigide de la morte, Sergio comprit que plus personne ne s'interposait, à présent, entre Disneyland et lui, si bien qu'un peu plus tard, une fois couché, il put s'endormir un sourire aux lèvres.

Le lendemain de l'enterrement, Lucy se réveilla, comme tous les matins, une demi-heure avant son mari et ses enfants. Elle brancha le chauffe-eau, inspecta dans le miroir son double menton et les poches sous ses yeux, les pressa du bout des doigts comme si elle pouvait renvoyer les tissus adipeux à leur origine, puis elle alla préparer du café, des tartines, des sandwichs aux œufs durs et au thon pour le déjeuner des enfants. Elle repassa une chemise bleue, se dit qu'elle ne devait pas oublier de nettoyer les carreaux de la cuisine. Elle tira Sergio du lit, réveilla Mariana, frappa à la porte de Papi, tira de nouveau Sergio du lit, réveilla Alfredo, retourna tirer Sergio du lit, s'assura qu'il y avait bien des serviettes éponges dans la salle de bains, entendit Alfredo rouspéter parce qu'il voulait une chemise blanche, repassa une chemise blanche en trente secondes, aida Sergio à se laver les dents, prépara les médicaments de Papi, entendit Mariana protester parce que les sandwichs au thon et aux œufs durs pour le déjeuner empestent, frappa à la porte de la salle de bains pour en déloger Alfredo, donna à Papi ses médicaments et un verre d'eau, trouva le porte-documents d'Alfredo abandonné sur le panier de linge sale, dit à Papi qu'il ferait mieux de prendre son bain en revenant de sa promenade matinale, rappela à Alfredo qu'il avait rendez-vous avec le médecin, débrancha le chauffe-eau, dit au revoir à tout le monde en distribuant baisers et sandwichs, s'enferma dans la salle de bains et se mit à pleurer. Elle pleura plus qu'elle n'aurait cru pouvoir pleurer. Il y avait bien longtemps qu'elle ne l'avait fait et elle croyait avoir oublié comment on en arrive là.

Après s'être calmée, elle prit une douche et laissa l'eau emporter un peu de son angoisse dans les canalisations. Elle aimait le picotement des gouttes sur sa nuque et leur façon de courir sur ses épaules et son dos. Elle préféra ne pas fermer le robinet quand l'eau devint froide. Dehors, il ne faisait pas chaud, mais elle avait besoin de se rafraîchir. En sortant de la baignoire, elle se regarda de nouveau dans le miroir. Elle remarqua que ses seins pendaient – ou plutôt tombaient – comme les poches sous ses yeux. Elle retourna son sac à la recherche d'une ombre à paupières marron brillant, qui mettait ses yeux en valeur et qui, délicatement appliquée entre ses seins, donnait l'impression qu'ils étaient plus fermes et plus bombés.

Dans le sac, il y avait un billet qu'elle ne se souvenait

pas d'avoir mis là. Peut-être s'agissait-il d'un pense-bête destiné à lui rappeler ce qu'elle devait faire aujourd'hui, ou de la liste des courses, ou des adresses auxquelles elle devait se rendre pour vendre des produits de beauté. Elle n'avait pas l'habitude de noter ce qu'elle avait à faire, mais elle ne se fiait pas trop à sa mémoire. Elle déplia le billet et lut :

Je veux te lécher du cou jusqu'aux jambes.
Je veux que tu sois ma pute, rien qu'à moi.
Je serai au marché à 11 h 30. Je t'attends.

Lucy regarda tout autour d'elle avec l'impression d'être observée, là, dans la salle de bains. Instinctivement, elle rajusta autour de sa poitrine la serviette éponge. Elle relut le billet, le froissa et le jeta au panier. Elle le trouvait sordide. Qui pouvait avoir glissé pareille chose dans son sac ? L'avait-on fait pendant les funérailles ? Dans ce cas, c'était doublement désagréable et pervers. Les hommes sont capables de se raconter des blagues salées pendant les enterrements, mais il fallait être malade pour fourrer un tel billet dans le sac d'une femme mariée.

Et si c'était Alfredo ? Une quinzaine de jours auparavant, Lucy lui avait montré un article du *Cosmopolitan* qui indiquait comment renouveler l'union du couple grâce à des initiatives sexuelles créatives. Lucy s'estimait moderne et créative, et elle n'avait pas peur de parler de sexualité, mais Alfredo aurait-il vu là une initiative excitante ? Ne se contenterait-il pas, plutôt, de l'inviter à dîner ou quelque chose de ce genre ? Et s'il s'agissait de la mettre à l'épreuve, de voir comment elle réagirait à l'invitation d'un amant secret ? Non, Alberto n'avait pas assez d'imagination pour concevoir un plan aussi pervers. Ce n'était sans doute pas lui.

Mais alors, qui ? Ce ne pouvait être qu'un ami de la famille. Roberto ? Lucy avait toujours eu l'impression que Roberto la regardait d'une drôle de façon. Mais aller aussi loin, impossible. Germán ? Non, Germán ne ferait rien de tel en présence de sa femme. Peut-être en serait-il capable dans un bar, à son travail, mais pas là, pas avec Mildred à ses côtés. Et si c'était une femme ? Lucy se mordit les lèvres et reprit le billet dans la corbeille. Elle le lissa et s'avisa, tandis qu'elle tâchait de déterminer à vue de nez si c'était là une écriture d'homme ou de femme, car quand on dit « il » ou « elle », le sexe de la personne est spécifié, mais il ne l'est pas quand on dit « toi » ou « moi » ; un « toi », un « moi » peuvent être un homme, une femme ou qui sait quoi d'autre, et cette subtilité de la langue lui parut tordue.

Lucy se dit encore que non seulement elle ignorait qui avait écrit ce billet, mais qu'elle ne pouvait savoir si elle en était bien la destinataire. Et s'il s'agissait d'une erreur ? Tous les sacs sont noirs à un enterrement, et peut-être avait-on mis le billet où il ne fallait pas. Ou peut-être ce billet était-il adressé à un homme ; après tout, quand on est capable d'écrire de pareilles choses, on est capable de tout, y compris de demander à un homme d'être sa pute. Deux personnes qui se comprennent même sans parler sont censées savoir à quel sexe elles appartiennent. Et ce n'est pas toujours évident.

Lucy sortit de la salle de bains et remarqua le silence de la maison. À 11 h 30, disait le billet. Oui, c'était sans doute une erreur, mais il serait amusant de se montrer alors au marché, pour voir qui elle allait y rencontrer. Peut-être trouverait-elle un moment de libre dans son emploi du temps, entre sa visite à Mari Pili et l'heure où il faudrait aller chercher le petit. Elle essaya de récapituler les occupations de sa journée. Tout à coup, elle entendit un bruit sourd et fugitif quelque part à l'intérieur de la maison, une sorte de sifflement.

« Alfredo ? Tu as oublié quelque chose ? » demanda-t-elle. Alfredo ne répondit pas. Personne ne répondit. Lucy entra dans sa chambre. Ces derniers jours, elle sentait une étrange odeur de moisi, l'odeur aigre de ce qui a séjourné trop longtemps dans une cave. Elle avait acheté par Internet des housses sous vide pour ranger les vêtements d'hiver, mais l'odeur était encore là. Elle avait acheté un déshumidificateur malgré l'opposition tenace d'Alfredo. Mais, malgré l'argent qu'elle avait pu y mettre, l'odeur ne disparaissait pas. Elle choisit ses vêtements. Peut-être le chemisier rose avec les chaussures assorties. 11 h 30. Même si elle voulait y aller, elle avait encore le temps. Ou peut-être l'ensemble bleu.

Mais alors, le bruit se répéta.

« Sergio ? »

Elle alla dans le couloir, ouvrit d'une poussée la porte de la chambre des enfants. Pour ne pas changer, les jouets de Sergio traînaient sur le sol ; il avait fait un trou dans la taie de son oreiller. Les affaires de Mariana étaient invisibles, rangées dans des tiroirs fermant à clef pour empêcher Sergio d'y toucher. Lucy essaya de mettre un peu d'ordre, puis décida que Sergio devrait se débrouiller seul. Le bruit se refit entendre, deux fois de suite, quelque part, là, dehors. La serviette éponge se détacha de la poitrine de Lucy. Elle se dit que s'il y avait un agresseur dans la maison, il serait stupide d'aller le chercher vêtue de la sorte. Comme si elle avait l'intention de le chasser, nue, à coups de serviette. Mais elle se rassura en se disant qu'il n'y avait personne, certainement personne. 11 h 30. Elle rajusta la serviette éponge et sortit dans le couloir, où elle ouvrit la porte des toilettes des visiteurs. C'était une minuscule salle de bains, un vrai piège à souris. Il n'y avait là que l'eau qui gouttait du robinet de la douche. Elle sortit.

Une fois dans le salon, elle comprit que le voleur n'aurait aucun mal à lui barrer le passage si elle essayait de s'enfuir en direction des chambres. Mais elle n'avait pas d'autre échappatoire et ne pouvait sortir dans la rue. Elle se souvint des serrures de sécurité que lui avait un jour proposées un vendeur chauve dont la cravate était ornée du diable de Tasmanie. À ce moment-là, elle avait eu plus peur du regard pervers du vendeur que de la menace d'être volée. Elle aurait dû acheter ces serrures. Elle se promit de le faire si le vendeur réapparaissait et si elle était encore en vie. Un nouveau bruit vint de la cuisine. Lucy se dit qu'elle donnerait à l'intrus tout l'argent qu'elle avait pour qu'il ne mette pas la main sur elle, et que, s'il insistait, elle crierait très fort pour faire accourir les voisins et la police. Elle s'arma de courage, s'approcha de la porte de la cuisine, saisit l'un des éléphants de marbre qu'Alfredo détestait. L'éléphant était massif et mettrait n'importe qui hors de combat. Elle le leva au-dessus de sa tête et se plaça près de l'encadrement de la porte pour y attendre la sortie de l'intrus. Peut-être ne l'avait-il pas encore vue. Dans ce cas, elle comptait sur l'effet de surprise, bien qu'elle ne sût pas pourquoi. Il y eut un nouveau bruit, comme une secousse. Lucy n'y tint plus, elle se précipita dans la cuisine les yeux fermés en criant :

« Dehors ! Que faites-vous ici ? Sooorteeez ! »

Par terre, à côté du réfrigérateur, le chat, devant son assiette vide, essayait d'atteindre, debout sur ses pattes de derrière, le paquet de biscuits posé sur une tablette. Lucy se rendit compte qu'elle l'avait oublié, avec les mille choses qu'elle avait dû faire depuis son réveil. Elle poussa un soupir de soulagement. Mais il lui adressa un miaulement haineux.

«Eh bien, écoutez... Euh... Il y a deux types de praticiens : les anglo-saxons et les latins.»

Le cabinet du médecin, situé dans le pavillon des consultations de la clinique, avait vue sur l'ensemble résidentiel où vivait Alfredo. Chaque fois qu'il allait consulter, ce dernier jouait à chercher du regard son appartement parmi les immeubles couleur cendre, mais l'ensemble se confondait avec le ciel couvert et les brumes d'août, ou encore avec la bruine. Lui-même, ces derniers mois, se confondait avec la grisaille. Il se réduisait en eau.

«Pour les anglo-saxons, la chose est très facile. Parce qu'ils font leur travail comme ils feraient des chaussures. Ils ne s'impliquent pas... sentimentalement.»

Le médecin avait servi deux verres de whisky. Il n'avait pas de glace, mais il avait ajouté un peu d'eau du robinet, prise au lavabo où il se lavait les mains avant chaque examen. Puis il s'était assis et lui avait fourni des explications, avec un crayon qu'il pointait sur divers papiers, des tableaux, des radiographies, des analyses et encore des papiers. Ce n'était pas le même médecin qui avait soigné sa mère et lui avait semblé bon, mais maintenant que sa mère était morte, il ne lui paraissait plus aussi bon et, en outre, il réveillait en lui de mauvais souvenirs. Parfois, Alfredo aurait aimé être gâteux, comme son beau-père, pour ne plus avoir de mémoire. Il aurait préféré embrouiller les souvenirs les plus douloureux, ne plus savoir si la défunte était sa mère ou sa belle-mère, ne jamais devoir se rappeler de payer le crédit, oublier le chemin du cabinet du médecin. Le goût du whisky, en revanche, était quelque chose dont il aimait se souvenir. Il finit le sien presque d'un trait et posa avec bruit le verre sur la table, pour voir si son médecin allait encore lui en offrir. Mais celui-ci ne quittait pas des yeux les papiers.

« Nous, par contre… les gens… tout le monde attend de nous que nous soyons pareils à Dieu, que nous arrangions tout… même ce qui ne peut pas s'arranger. »

Alfredo faisait un grand effort pour se concentrer sur ce que le médecin lui disait, mais, pendant de longs moments, il ne savait plus où il en était. Les paroles étaient semblables à la brume diffuse de l'hiver, qui pèse sur la ville comme une pierre tombale et n'en finit plus de se transformer en pluie. À Lima, pendant l'hiver, la brume vous pénètre jusqu'aux os. Se couvrir, on le sait, ne sert à rien : elle traverse les vêtements, s'infiltre par les mains, le nez, et vous trempe complètement. Parfois, du cinquième étage où vit Alfredo, on ne voit rien, pas même les arbres ni le supermarché ni les immeubles d'en face. On dirait que la fenêtre est un mur de plomb.

Pendant ces jours-là, le plus souvent, les moteurs des voitures refusent de se mettre en marche, les voies respiratoires sont encombrées, les secrétaires, au bureau, d'une humeur massacrante, et le ciel semble être descendu de quelques kilomètres, fatigué de se tenir seul là-haut, et s'être dissous insidieusement sur la ville pour l'étouffer et l'écraser. Alfredo regarda son verre vide. Il se dit que s'il sentait l'alcool en rentrant à la maison, Lucy s'enfermerait avec lui dans leur chambre et le sermonnerait à voix basse pour ne pas inquiéter le petit. Mais peu importait. Il était dix heures du matin. Des siècles le séparaient de son retour à la maison.

« ... Si bien qu'il est difficile de faire des prévisions, dans ces cas-là...

– Combien de temps, docteur ?

– Pardon ?

– Combien de temps me reste-t-il à vivre ? »

Son calme le surprenait. Il avait vu dans des films des scènes comme celle-ci, et aucun des patients n'avait gardé un calme pareil au sien. Ou montré une telle apathie. Difficile de savoir ce qu'il éprouvait. Il lui aurait été égal d'avoir une maladie impliquant un arrêt de travail avec solde, même s'il avait dû pour cela rester dans sa chambre sans bouger. Il lui semblait que ne pas devoir bouger un muscle pendant une longue période serait parfait, facile, la meilleure des choses pour lui, et ce qu'il pourrait faire de mieux. Mais il n'aurait pas fini de payer le crédit avant deux ans. Et il voulait vivre jusqu'au moment où sa maison serait véritablement à lui. De plus, qui sait ? peut-être pourrait-il grimper un échelon dans l'entreprise. Le bruit courait que le directeur adjoint allait démissionner pour se soustraire à une enquête. C'était peut-être là l'opportunité parfaite à saisir. Ou l'une des opportunités parfaites qui lui avaient passé sous le nez au cours des vingt dernières années. Il fallait voir. Et Disneyland. Sergio voulait aller à Disneyland.

« Six mois… avec un peu de chance. »

Alfredo regarda son verre vide. Le médecin se sentit obligé de le resservir pendant qu'il digérait la nouvelle. Alfredo but et chercha son reflet dans le fond du verre. Il crut se voir avec des filaments de coton sortant de ses lèvres.

« Puis-je vous payer la consultation à terme ? Dans six mois, disons ? »

Il sourit. Mais le médecin n'avait pas compris la plaisanterie.

Après ce rendez-vous, il ne sut que faire. Il avait appelé le bureau pour prévenir qu'il n'arriverait pas avant onze heures, et il n'y avait personne chez lui. Il aurait pu téléphoner à un ami, mais ils étaient tous au travail.

D'ailleurs, il se rendit compte que même si on avait été en fin de semaine, il n'aurait eu personne à qui téléphoner. Il s'arrêta devant la boutique d'un marchand de tabac. Il y avait deux ans qu'il ne fumait plus, mais il se dit que, dans ces circonstances, fumer ou ne pas fumer revenait à peu près au même. Les places de stationnement devant la boutique étaient occupées. Il laissa la voiture en double file et descendit. Il acheta un paquet de Marlboro rouge, et une bouteille de whisky; elle était chère, mais il songea que ses économies non plus n'avaient plus guère d'importance. Les coups de klaxon et les insultes, dehors, lui apprirent que sa voiture bloquait le passage ou la sortie d'une autre. Il eut envie de cracher au visage du conducteur d'une Fiat qui le vitupérait. Il eut envie de monter dans cette foutue Fiat et d'y crever, pour voir ce que ferait le conducteur, en comprenant contre qui il s'époumonait. Mais, en même temps, il avait l'impression de flotter, comme si rien ne pouvait l'atteindre. Il se remit au volant sans dire un mot, dégagea le passage et alluma une cigarette. Il sentit la première bouffée se répandre en lui, dans ses poumons, circuler dans ses veines et gagner chaque millimètre de son corps. Il ouvrit la bouteille et but une grosse gorgée à même le goulot. La chaleur descendit lentement jusqu'à son estomac, pour se mêler au café et aux tartines du petit déjeuner. Il toussa longuement. Ses yeux s'enflammèrent. Il accéléra pour arriver plus vite au bureau.

En ouvrant la portière de l'auto, il se dit qu'il était peut-être ivre. Il s'était contenté de quelques gorgées, mais il avait perdu l'habitude. Il mit la bouteille dans son attaché-case et descendit en essayant de garder son équilibre. Il salua deux secrétaires et deux employés qui revenaient d'acheter des sandwichs. Il salua la réceptionniste. Pour la première fois, il se demanda pourquoi il devait saluer tant de gens qui ne l'intéressaient pas. Il monta à son bureau. Gloria, sa secrétaire, était là avec son sempiternel sourire. Il regarda ses seins. Puis son cul. Les deux choses lui parurent horribles, grosses et molles. Il lui rendit son sourire et s'enferma dans son bureau avec l'intention de préparer une note d'information sur la vente des lubrifiants industriels pour les fabriques de farine de poisson. Il vint à bout d'une ligne et demie. Puis il appela Gloria, regarda de nouveau ses seins et lui demanda du café.

Quand il eut son café, il pensa décrocher le combiné et appeler chez lui. Ou peut-être demander l'autorisation de s'absenter toute la journée. Il alluma une autre cigarette. Il n'avait pas de cendrier. Il n'y avait pas de fenêtre. Il relâcha un peu son nœud de cravate. Peut-être à l'heure du déjeuner pourrait-il descendre et parler à un collègue, oui, peut-être devrait-il parler à quelqu'un de ce qui venait de lui arriver. Peut-être à Javier. Non, Javier ne connaissait rien, en dehors des bagnoles, du foot et de la bière. Il ne saurait que dire. Il pourrait en parler à Gloria.

Non, mieux valait n'en rien faire. Avec Gloria, il serait distrait. Jamais il n'avait été aussi obsédé par des seins aussi moches. Il versa un peu de whisky dans le café. Il but une gorgée du mélange et essaya de poser les pieds sur la table, mais son bureau était trop petit. Il ne permettait pas d'étendre les jambes. Il demanda une autre tasse de café, consulta l'horloge murale. 10h35.

Il avait toute la journée devant lui.

Pendant l'heure de gymnastique, les filles firent quelques exercices sur le cheval d'arçons et aux barres parallèles. Le premier développait les fessiers et les muscles des jambes, les autres aplanissaient les seins. Mariana, qui n'avait rien de tout ça, aurait préféré ne pas faire ces exercices. Elle avait une légère douleur au creux de l'estomac, mais le professeur avait refusé de l'exempter.

Juste devant elle, Katy avait sauté sur le cheval d'arçons. Mariana l'observa avec attention. Elle la connaissait depuis toujours, parce que leurs mères étaient amies, mais Katy avait beaucoup grandi pendant l'été dernier. Maintenant, elle paraissait avoir vingt ans. Quand elle sautait, son derrière ressortait et durcissait ; on aurait dit qu'il allait faire éclater son short. Ses jambes, couvertes de poils blonds invisibles mais brillants, se tendaient vers l'avant, mettaient en relief leurs muscles fermes et souples. Sa poitrine était si développée que les exercices aux barres parallèles restaient sans effet sur elle. Mariana voulait être comme Katy.

« Mariana ! Mariana Ramos ! Tu vas sauter ou tu es venue ici en touriste ?

– Ah oui ! Pardon. »

Mariana reprit ses esprits à cause de son mal au ventre plutôt qu'à la voix de leur professeur. Elle arrangea son short, qui lui entrait toujours entre les fesses, calcula la distance, prit son élan et courut vers le cheval d'arçons. Elle plaça les mains en avant et sauta. Mais, faute de les retirer à temps, ses mains s'empêtrèrent dans ses jambes, elle glissa de côté et tomba. Ses lunettes s'envolèrent puis s'écrasèrent sur le sol. La classe éclata de rire.

Mariana, à terre, ne fit pas un mouvement. Elle aurait aimé être gris cendre, comme le sol, pour se confondre avec lui. Mais c'étaient les rires qui se confondaient avec tous ceux qu'elle avait déjà provoqués, et cela revenait au même. Katy vint l'aider. Elle lui apportait ses lunettes.

« Ça va ?

– Comme quand on a foiré. Pour ne pas changer. »

Katy l'aida à se lever et fit même taire les rieuses. Mariana la repoussa. Elle ne voulait pas avoir l'air d'une gamine. Du moins, pas plus que d'habitude. Et le pire restait encore à venir : les douches. En plus d'être privée de seins et de fesses, Mariana n'avait pas de poils. Ni aux aisselles, ni aux jambes. Certaines filles de sa classe s'épilaient, même la moustache. Mariana n'avait que quatre tristes poils esseulés aux abords de la foufoune et, à chaque séance de gym, il se trouvait toujours une imbécile pour dire :

« Mariana ! Tu n'as pas de nichons ! Serais-tu un garçon ? Ah non ! Impossible ! Les garçons ont des poils. »

Et elle répondait :

« Je pourrais bien te faire ce que font les garçons, mais avec un tournevis. Ça te tente ? »

Cette fois, Katy était encore à côté d'elle quand les commentaires habituels fusèrent.

« Ne fais pas attention, dit-elle en ôtant son chemisier. Ce sont des chieuses. »

Mariana put alors observer les aisselles de Katy, qui avaient la texture granuleuse que laisse le rasoir.

Katy enleva son soutien-gorge et Mariana son bustier, en comparant mentalement sa poitrine à celle de Katy. On aurait dit Laurel et Hardy. Elle avait deux ans de retard sur toutes les autres filles de la classe. Elle les avait vues grandir d'en bas. Et elle était restée en bas. Katy enleva son short. Elle avait une culotte rose avec des bordures blanches, qui faisait beaucoup plus adulte que la culotte aux petites fleurs multicolores de Mariana. Celle-ci l'enleva d'ailleurs en même temps que son short pour qu'on ne puisse pas la voir. Katy dut s'asseoir, parce que la sienne s'était enroulée à la hauteur de ses genoux. Ses jambes n'étaient pas, comme celles de Mariana, deux roseaux tordus. On aurait dit deux tours dont les courbes douces des genoux rattachaient les cuisses aux mollets. Les ongles de ses orteils étaient peints, avec un vernis bleu pailleté.

« Qu'ils sont beaux, tes ongles !

– Ma mère m'a prêté le vernis. Il est chouette, non ? Mais je préférerais du noir. »

Elles passèrent sous les douches. L'eau était chaude, relaxante. Les cheveux blonds de Katy furent aplatis par le jet d'eau. Elle ferma les yeux et commença à se savonner. La vapeur l'enveloppait de plis fantomatiques, l'isolait du monde environnant.

« Je n'ai pas de savon, dit Mariana. Je peux me servir du tien ? »

Katy le lui tendit. Mariana se savonna à son tour en regardant les ongles de son amie. Elle se sentit gagnée par la pudeur. Non pas par la honte d'avoir moins de formes, moins de tout que les autres filles de sa classe, mais par la pudeur. Elle comprit qu'elle préférait être vêtue devant le regard, le sourire et les ongles de Katy. Elle se sentit écrasée, s'écarta brusquement du jet d'eau et s'empara de la serviette de toilette pour couvrir une bonne moitié de son corps. Ainsi cachée, elle s'habilla. Elle mit sa culotte, la jupe et le chemisier de l'école. Au moment où elle allait partir, la douleur au ventre devint plus vive. Il lui fallut s'asseoir pendant quelques secondes. Elle sentit alors en elle un mouvement léger, descendant. Elle enleva sa culotte. Trois taches d'un brun sombre et rougeâtre étaient posées comme des abeilles sur les fleurs de couleur. Mariana verdit. C'était la première fois.

« Tu ne te sens pas bien ? » lui demanda Katy, qui venait de sortir de la douche.

Papi se laissa conduire par l'infirmière et fit quelques pas. Puis il se retourna et se rendit compte qu'il n'avait pas avancé de plus d'un mètre pendant les dix minutes précédentes. La colère le gagna, mais il l'oublia aussitôt. L'idée lui avait traversé fugitivement l'esprit, telle une étincelle qui ne produit pas de flamme. Il essaya de se rappeler autre chose, n'importe quelle autre chose. Il se sentit épuisé.

« Vous voulez vous asseoir ? demanda l'infirmière. Oui. Allons-y, approchons-nous de ce banc, là, doucement, sans nous presser, comme ça, oui. »

Papi détestait l'infirmière qui le traitait comme un imbécile. Il détestait Lucy et Alfredo, qui le prenaient pour le chat de la maison. Et Sergio et Mariana, qui ne faisaient pas du tout attention à lui. Il détestait même Mamie. À propos, où était-elle ? Il y avait plusieurs jours qu'il ne la voyait pas. À moins que... Il l'avait sans doute vue, mais il ne s'en souvenait pas. Mamie était toujours là. Elle avait toujours été là. Il ne pouvait se rappeler ce qu'avait été la vie avant elle. Ni après. C'était du pareil au même. Il lui arrivait de recycler un souvenir des années cinquante et de le traiter comme s'il datait de la veille.

Il essaya de tourner le dos à l'infirmière, mais sentit que son embonpoint allait l'en empêcher. Il décida de lui pardonner, s'assit sur le banc pour regarder les gens. C'était au moins quelque chose qu'il pouvait faire comme il faut. Sa vue était bonne. Il avait commencé par ne plus être bon à travailler. Puis à ne plus servir à rien à la maison. Finalement, il n'avait même plus été bon à faire l'amour. Maintenant, sa mémoire flanchait, et il n'était plus bon qu'à ça : regarder.

Dans un coin du parc, deux enfants jouaient au ballon. Un peu plus près, sur l'herbe, du côté des arbustes, un couple se dévorait de baisers. L'homme avait glissé sa main dans le pantalon de la femme. Elle était complètement renversée au-dessous de lui. Papi se demanda s'ils avaient un toit. Les couples qui s'embrassaient de cette manière le déconcertaient. Sans être indigné, il ne comprenait pas leur manque de pudeur. Lui-même n'avait jamais été un ange, mais il avait toujours respecté les convenances. Il tâcha de les envier un peu, et découvrit avec lassitude qu'il n'éprouvait aucun désir.

Sur un banc, en face, il y avait une femme. Elle devait être encore plus âgée que lui. Papi se réjouissait en son for intérieur chaque fois qu'il rencontrait l'un de ses aînés. La plupart avaient disparu, faisant ainsi de lui le plus vieil homme qu'il connaissait. Mais cette femme devait au moins avoir le même âge que lui. Son visage était creusé, raviné. Même ses yeux et sa langue avaient l'air ridés. Le seul mouvement visible qui l'animait était un tic : sa main semblait égrener un chapelet invisible, tandis que ses yeux restaient levés au ciel. Son infirmière lisait un magazine *people*. Papi se dit qu'il avait déjà vu la vieille femme quelque part.

Depuis des années, il ne faisait plus attention aux femmes parce que toutes auraient pu être ses filles ou ses petites-filles, et toutes se conduisaient avec lui comme des infirmières. Avant, il ne crachait pas sur les beaux morceaux qui se présentaient. Ces derniers temps, même quand sa main s'égarait sur l'une d'elles, celle-ci y voyait un effet de la maladie de Parkinson et lui souriait. Il avait perdu jusqu'à la capacité de recevoir des gifles et de faire rougir. Mais, pendant ses promenades dans le parc, il apprenait à reconnaître la beauté aux commissures des lèvres vaincues par l'âge, dans les os cassants, les chevelures qui laissaient deviner le blanc cendré sous la teinture. Cette femme était de ce type-là. De celles que l'on ne peut toucher parce qu'elles cassent. Qui se laissent seulement contempler.

Peut-être était-il attiré par ses yeux gris ou par son extrême minceur. Ou par l'impression de l'avoir déjà vue. Il se dit qu'il valait mieux ne pas la regarder avec une telle insistance. Cela pourrait venir aux oreilles de Mamie. L'infirmière lui en glisserait sans doute un mot. Les femmes sont toujours complices. Mais il continua de la regarder du coin de l'œil. Quand il sentait que l'infirmière l'observait, il détournait le regard vers les enfants qui jouaient au ballon, jamais vers le couple qui s'embrassait sur l'herbe. Il fit ainsi deux ou trois fois, puis il se dit :

« Et puis quoi ? Je suis majeur, je fais ce que je veux. »

Et il décida de continuer à faire ce qu'il voulait.

Mais il avait oublié ce que c'était.

Cette odeur. Il avait déjà senti cette odeur quelque part. Et il commençait à s'impatienter. Ce n'était pas une odeur de nourriture. Ni celle des pièces quand elles sont longtemps fermées. Ce n'était rien qui faisait partie de la routine. Il l'avait parfois sentie dans le couloir, cette odeur, mais il était difficile de dire d'où elle venait. Peut-être du plafond ou du plancher. Pour lui, l'univers commençait et finissait dans cette maison, rien ne pouvait venir d'ailleurs. Il s'en était assuré. Quand il guettait à l'une des fenêtres, il voyait bien que tout ce qui se trouvait dehors était petit et lointain. Parfois, un oiseau s'approchait, mais impossible de sauter aussi loin ; il devait se contenter des cafards qui peuplaient la cuisine en été ou d'une araignée.

Il arrivait que quelqu'un de nouveau apparaisse, sans doute produit par l'encadrement de la porte. Dans l'encadrement de la porte, tous les occupants de la maison disparaissaient le matin et réapparaissaient le soir pour s'occuper de lui. Mais cette odeur n'appartenait à aucun d'entre eux. Ce n'était ni l'odeur aigre de Papi, ni les parfums douceâtres de maman, ni le déodorant de papa, ni l'odeur de sueur et de boue de Sergio. Elle était meilleure Désespérément meilleure. D'où pouvait-elle venir ? Il éprouva un besoin inconnu et s'inquiéta. Il savait que c'était mal. Il essaya de le réprimer. Il chercha sa caisse des yeux. Elle était loin, après la cuisine. De plus, ce besoin le forçait à faire quelque chose immédiatement, à le faire juste où il se trouvait. C'était l'odeur qui voulait ça. Il griffa le tapis dans un ultime effort pour résister. Mais ce fut impossible. Il lança deux gémissements, appelant à l'aide. Personne ne répondit. Incapable d'attendre davantage, il bondit sur le canapé, en griffa un peu la surface, se mit en position et vida sa vessie sur le tissu vert des coussins. Il éprouva un soulagement indescriptible. Il essaya d'enterrer ce qu'il avait fait, mais le canapé n'était pas comme la terre. N'empêche, il fit ce qu'il put et partit en courant à la cuisine, parce qu'il savait que ce qu'il venait de faire était très très mal.

Le deuxième fantôme apparut à l'école. Le troisième aussi. Sergio était seul. Sergio était toujours seul pendant les récréations. Et partout ailleurs aussi. Il aimait ça. Ce jour-là, il traversa la cour, le terrain de basket et celui de volley, arriva au caniveau, tourna à gauche, puis alla jusqu'aux amoncellements de pierres, après le terrain de football, où il n'y avait jamais, de temps à autre, qu'un fugueur du collège venu se cacher pour fumer une cigarette. C'est alors qu'il entendit :

« Que fais-tu là ? »

Il se retourna. La petite Jasmín, la fille de Mari Pili, l'avait suivi.

« Va-t'en, dit Sergio.

– L'école est à tout le monde, répondit-elle.

– Fous le camp. (Il n'allait pas se mettre à discuter les questions de droits.)

– Non. »

Sergio sortit sa panoplie de chasseur, s'accroupit devant

les pierres et attendit en silence. Il ne pensait à rien, pendant qu'il attendait ainsi. Il attendait, voilà tout. Jasmín attendit elle aussi. Au bout de dix minutes, un lézard apparut. Sergio resta immobile, parvint presque à annuler les battements de son cœur. Mais il ne quitta pas le lézard des yeux. La bestiole entrait et sortait la langue très rapidement. Sergio lui rendit la politesse : il lui tira lui aussi la langue. Puis il resta très tranquille, comme pour se confondre avec les pierres, pendant que le lézard rassuré lui tournait le dos. Alors, d'un mouvement très rapide, il l'attrapa par la queue, qu'il pressa du doigt contre une pierre jusqu'à ce qu'elle se détache. Et il la mit de côté. Alors, il entendit encore :

« Aaah !

– Chut ! Qu'est-ce qui t'arrive ?

– Tu as tué le lézard !

– Je ne l'ai pas tué, je lui ai coupé la queue.

– Tu l'as tué !

– Oui, je l'ai tué. Qu'est-ce que ça peut te faire ? Dégage !

– Non. »

C'était inutile. Sergio fit une moue d'exaspération, mais elle ne bougea pas. Au bout d'un moment de silence, un scorpion se montra. Sergio était chanceux, ce matin. Il n'avait même pas à allonger le bras pour l'atteindre. Il prit le pot de confiture et le renversa au-dessus de l'animal. Puis il dessina autour un cercle d'alcool et y mit le feu. Il enleva le pot et le scorpion s'agita en tous sens, reculant devant les flammes. Il essaya quatre fois de sortir. Mais il n'y avait pas d'issue, aussi leva-t-il son aiguillon très haut et se piqua-t-il lui-même à la tête, afin de ne pas mourir brûlé. Sergio s'attendait à ce suicide. Il le vit même remuer un peu avant de s'immobiliser pour toujours.

« Celui-là, tu l'as tué !

– Il s'est tué. Je l'ai seulement aidé.

– Tu es très méchant. »

Sergio sortit de sa poche le dentier de sa grand-mère.

« Regarde. Ça, ce sont les dents d'une morte. »

Il pensait que Jasmín serait effrayée, mais elle ne broncha pas.

« Ce n'est pas vrai. »

Sergio remua le dentier avec ses doigts et prit une grosse voix pour le faire parler.

« Je suis morte, je suis morte et je suis venue te chercher !

– Les dentiers ne parlent pas.

– Ceux des morts, si.

– Ce n'est pas vrai. Je connais un mort. Il ne parle pas.

– Tu mens », dit-il.

Elle haussa les épaules et s'en alla. Elle avait l'air d'en avoir assez. Sergio rangea ses trophées dans le pot de confiture et décida de repartir lui aussi en direction de l'école, mais il attendit un peu, pour ne pas retomber sur Jasmín. En passant près des arbustes, il entendit un bruit, d'animal, lui sembla-t-il. C'était peut-être un chien qui haletait, ou quelque chose comme ça. Il s'avança, pour voir s'il ne trouvait pas une autre proie intéressante à ajouter à sa collection. Entre les buissons, il y avait deux fantômes en tenue d'écolier, l'un debout et l'autre agenouillé devant lui. C'était le premier qui faisait ce bruit. On aurait dit des élèves, mais Sergio savait ce qu'ils étaient vraiment. Il ne comprenait pas ce qu'ils faisaient, aussi resta-t-il à les regarder. Sans qu'il sût pourquoi, sa quéquette durcit et il lui vint une envie d'aller aux toilettes. Celui qui était debout l'aperçut et ils s'arrêtèrent. Tout d'abord, ils eurent l'air effrayés, puis ils sourirent.

« Qu'est-ce qu'il y a ? dit celui qui était debout. Tu en veux ? »

Sergio remua la tête d'un côté à l'autre. L'autre lui demanda :

« Et la tienne ? Elle est grosse comment ?

– La mienne ?

– Ta queue. »

Sergio se rappela l'avoir regardée dans la salle de bains. Cette partie de son corps l'inquiétait. Elle ne ressemblait pas à celle des autres garçons de sa classe, qui n'avaient pas de capuchon. La sienne était comme rangée dans un étui qu'il devait retrousser pour pisser.

Il évalua sa grosseur avec les doigts et montra le résultat aux fantômes.

« Elle n'est bonne à rien, dit celui qui était à genoux. Pour faire ça, il faudra attendre qu'elle soit plus grosse.

– Ah bon. »

Puis ils reprirent ce qu'ils avaient interrompu, mais Sergio arrêta de les regarder. La cloche de la fin de la récréation avait sonné.

Lucy choisit finalement le polo marron et la jupe longue bleue. Décontracté mais élégant. Moderne et désinvolte. Elle prit sa mallette d'échantillons et sortit pour se rendre chez Mari Pili, qui vivait dans un des immeubles en brique les plus récents et les plus chers de la résidence. Mari Pili ne travaillait pas parce que son mari voulait qu'elle s'occupe de leurs filles. Mais elle achetait beaucoup.

Mari Pili servit le thé – elle ne servait jamais de café – et des biscuits danois au beurre. Mais elle ne mangea rien. Elle avait du mal à mâcher après son lifting intégral. On lui avait tiré les zones les plus flasques et reconstitué les volumes avec les excédents de graisse. Depuis quinze jours, elle ne se nourrissait que d'aliments mous, dormait toujours sur le dos, évitait les mouvements brusques et ne se servait plus du séchoir, de peur qu'un coup ne creuse un creux irrémédiable dans ses joues ou qu'un souffle d'air trop violent ne lui laisse à jamais le visage en accordéon. Elle n'avait pas pu recourir non plus au maquillage jusqu'à ce jour. Toutefois, le moment de se rattraper était venu. Lucy lui suggéra quelques touches de rouge corail pour éclairer l'hiver de son visage. Mari Pili acheta un correcteur Ginger, quelques poudres Beach et un nuancier multi-usages The Multiple, de la gamme de coloris South Beach, pour rehausser son regard. C'était ce qu'elle pouvait faire de mieux, vu qu'elle devait encore éviter tout exercice pendant un mois et le soleil pendant encore deux mois. Après la séance, elles se quittèrent sans s'embrasser. Mari Pili devait tenir la tête aussi haute et immobile que possible. Ce qui ne la gênait pas outre mesure.

Il était 11 h 22. Lucy traversa la résidence en se dirigeant vers l'avenue Pershing. Elle aurait pu emprunter l'avenue où, à cette heure, il n'y avait pas trop de coups de klaxon, de gaz d'échappement, de passants et de voleurs à la tire, mais elle préférait son chemin à elle. Depuis des années qu'elle vivait dans cet ensemble résidentiel, elle avait arrêté quelques trajets qui la menaient vers n'importe quelle avenue en passant par les rares jardins bien entretenus entre les immeubles. C'était plus long, mais, au moins, elle se sentait à l'aise. Comme si elle vivait à Miami ou à Paris. Son rendez-vous suivant était à 12 h 30, mais elle avait habitué ses clientes – hormis Mari Pili qui se voulait londonienne – à ses retards, d'au moins un quart d'heure. De toute façon, personne n'attendait d'elle qu'elle fût ponctuelle. Peut-être pourrait-elle acheter quelques œufs pour le déjeuner des enfants avant de rentrer à la maison. En passant, elle verrait bien qui l'attendait au marché. Découvrir de qui il s'agissait lui donnait envie de rire et l'excitait. Elle se dit qu'elle faisait une bêtise. Mieux valait ne pas abonder dans le sens de ce cinglé. Il pourrait en devenir obsédé. Elle alla jusqu'à la porte d'entrée de son immeuble et fouilla dans son sac à la recherche des clefs. À ce moment-là apparut la voisine coréenne, qui revenait de faire ses courses. Lucy était entrée une fois chez cette femme pour essayer de lui vendre quelques produits cosmétiques. Sa maison empestait. Il y avait un bébé nu, à quatre pattes, dans le salon. Quelqu'un avait laissé dans les coins des bidons remplis de navets saumurés dont l'odeur envahissait tout l'appartement. De plus, les conduits de ventilation de la salle de bains de cette voisine communiquaient avec ceux de la salle de bains de Lucy, qui l'avait souvent entendue faire l'amour avec son Coréen. C'était désagréable. Lucy en était venue à lui écrire une lettre dont elle avait envoyé une copie au syndic de l'immeuble pour lui demander de s'abstenir de faire des bruits gênants à proximité de sa salle de bains, mais la Coréenne ne s'en était pas souciée. Elle s'efforçait même de se montrer sympathique. Elle appela l'ascenseur, mais resta devant la porte quand il fut arrivé et invita Lucy à entrer la première. Lucy ne voulait pas prendre l'ascenseur avec cette femme. Elle se souvint qu'elle avait besoin d'un produit pour nettoyer la salle de bains. Il lui fallait faire des courses, de toute façon.

Le trajet fut plus long que d'habitude, comme si le marché s'était éloigné de chez elle, et que les pauvres s'étaient multipliés. Chaque fois qu'elle rendait visite à Mari Pili, elle était frappée par la présence des mendiants. C'était comme si on revenait de New York et qu'en revoyant l'avenue Fawcett, la plus laide du Pérou, on fermait les yeux pour essayer de se croire encore dans la grande ville du Nord. Lucy n'était jamais allée à New York, mais elle fermait tout de même les yeux sur l'avenue Fawcett. Elle avait pris l'habitude de ne pas voir les mendiants, de suivre son chemin en faisant comme s'ils n'étaient pas là, même s'ils la poursuivaient sur des dizaines de mètres avec leurs visages pitoyables et leurs voix soumises qui bourdonnaient à ses oreilles. Ils ne s'arrêtaient que quand ils avaient obtenu ce qu'ils voulaient. Elle avait commencé par prendre le bus pour les éviter, mais là l'attendaient les suppliques des mères célibataires ou les menaces voilées de sales types qui prétendaient être d'anciens bagnards et demandaient un soutien pour ne pas retomber dans la voie du crime. Afin de se déplacer sans risque, Lucy avait appris à conduire la voiture d'Alfredo. Mais, même ainsi, elle n'était pas épargnée. Ils s'approchaient pour nettoyer les vitres, lançaient directement de l'eau sur le pare-brise, sans lui en demander la permission ni lui laisser le temps de refuser, puis ils se jetaient sur la vitre avec des chiffons plus sales que la voiture. Ou bien ils s'approchaient pour proposer des bonbons. Les pires étaient les ex-drogués du Centro Victoria, désintoxiqués avec l'aide de Dieu. Impossible de dire s'il s'agissait de camés ou de fanatiques d'une quelconque religion. Au carrefour des rues Javier Prado et Pershing se tenait le plus terrible d'entre eux. Il n'avait pas de bras et prenait l'argent avec ses deux moignons. Sans doute était-il aussi débile mental. Lucy faisait de grands, d'invraisemblables détours pour ne pas passer par ce carrefour en rentrant chez elle.

Au marché, elle se sentit un peu à l'abri. Mais elle devait maintenant trouver le produit de nettoyage pour la salle de bains et, peut-être, le psychopathe du billet. Elle sortit de sa coquille, regarda autour d'elle, commença à percevoir avec intensité tout ce qu'habituellement elle soustrayait à son attention : les yeux du marchand de légumes qui glissaient sur ses fesses, son imperceptible sifflement ; le regard libidineux de l'agent de police. Il lui sembla qu'il n'y avait que des hommes, sur ce marché. Elle dissimula son trouble et alla d'un étalage à l'autre. Sur celui du volailler, trônaient des têtes de poulets séparées de leurs corps. Plus loin, le boucher avait des cochons d'Inde dépecés, entiers, pareils à de gros rats, bouche ouverte. Elle sentit un regard posé sur son cou, se retourna. Derrière elle se tenait un marchand de fruits et légumes. Avisant les melons, elle les palpa, pour voir s'ils étaient mûrs, ou pour donner à croire qu'elle avait quelque chose à faire au marché. Sans qu'elle sût pourquoi, il lui sembla que les melons étaient des seins de femme, doux et fermes, juteux. Elle les lâcha, honteuse. Un homme passa à côté d'elle, frôla son dos. Elle se retourna pour le regarder, mais il ne s'arrêta pas et elle ne put voir son visage. Elle s'assura qu'il n'avait rien volé dans son sac, se dit qu'elle avait eu tort de prendre ce sac et sa montre avec elle. Elle demanda des concombres. Ils étaient durs, à point pour aujourd'hui. Elle remarqua qu'elle transpirait, reposa les concombres et passa à un autre étalage. Ses mains étaient moites. Elle s'approcha d'une poissonnerie. Il y avait un poulpe noir. Ses tentacules semblaient vivants, avec leurs ventouses prêtes à attraper une proie. Le poissonnier le saisit à ce moment-là, se mit à le découper en morceaux, d'une ventouse à une autre. Il en proposa un demi-kilo à Lucy tout en frottant deux couteaux l'un contre l'autre pour les aiguiser. Elle perçut un souffle sur sa nuque. Quelqu'un était là, tout près. Elle se retourna vivement. C'était une grande femme aux cheveux teints en rouge pourpre. Lucy quitta la poissonnerie. Elle eut soudain besoin d'air et se dirigea vers la sortie entre des monticules de navets, de têtes de porc, de bananes. Elle n'aperçut pas de sortie proche et commença à avoir le vertige. Elle contourna l'angle d'une boucherie où il y avait des cœurs et des rognons de bœuf prêts à être grillés. La bouchère l'annonçait à grands cris, en poussant le feu qui crépitait sur le gril. Lucy entrevit dans le fond la lumière de la sortie. Elle paraissait très lointaine, et elle sentit qu'elle n'aurait pas la force d'aller jusque-là.

Il faisait nuit quand Alfredo put finalement entrer à la maison. Il était resté tout le jour assis à ne rien faire d'autre qu'à sentir son pouls cogner à cause de l'excès de café et d'alcool. Il avait mal à la gorge. Il avait mal à la tête. La bouteille était aux trois quarts vide, et le paquet de cigarettes aussi. Il avait écrasé les mégots sur le tapis. Il avait oublié de pointer en sortant, puis conduit en sens interdit dans trois avenues et heurté le pare-chocs d'une autre voiture en se garant. Arrivé dans la rue où il vivait, il sentit une nouvelle fois qu'il se dissipait dans l'atmosphère humide. Il but une dernière gorgée dans l'ascenseur, mit un bonbon à la menthe dans sa bouche, cacha la bouteille dans son attaché-case avec fermeture à chiffres. Il eut l'idée d'ajuster sa cravate, se demanda s'il l'avait encore ou s'il l'avait oubliée au bureau. En arrivant à son étage, il lui fallut quelques secondes pour trouver la clef et l'introduire dans la serrure. Il voulut repartir. Il était trop tard.

À l'intérieur, la télévision faisait entendre à plein

volume un feuilleton mexicain. Sergio jouait avec ses robots devant l'appareil, dans le salon, pendant que Papi et Mariana regardaient l'écran sans le voir. La table était mise et Lucy nettoyait un coussin.

« Le chat a pissé sur le canapé, dit-elle.

– Je... »

Sergio se leva :

« Papa ! Papa ! Aujourd'hui, j'ai vu deux fantômes.

– Oui, très bien, mais... Pas maintenant.

– Il faut le faire opérer, trancha Lucy. C'est ce qu'on fait, avec les chats. On les châtre. »

Le chat parut comprendre et fila à la cuisine.

« Oui. Écoute...

– Aide Papi à s'asseoir à table. Le repas est prêt.

– Je l'aide, moi ! cria Sergio.

– Non, toi, tu es trop petit.

– Je peux..., protesta le vieil homme.

– Papi, ne sois pas fier comme ça et laisse Alfredo t'aider. »

Alfredo prit Papi par le bras et se demanda pendant qu'ils s'approchaient de la table s'il serait comme lui dans cinq mois. Lucy laissa le coussin et alla à la cuisine. Elle en ressortit bientôt avec un plat de lentilles et un autre de riz. Elle les posa sur la table et embrassa Mariana avec un sourire.

« Il est arrivé quelque chose de merveilleux, aujourd'hui...

– Maman, je t'en prie…

– Mais qu'est-ce qu'il y a ? Tu n'as pas à avoir honte de ça, Mariana. C'est la nature. »

Papi toussa très fort, et Lucy annonça :

« Mariana est maintenant une femme !

– Et qu'est-ce qu'elle était, avant ? demanda Sergio.

– Maman ! gémit Mariana.

– Quelle horreur ! » fit Papi.

Lucy reprit les rênes de la conversation et porta un toast :

« À la santé de la nouvelle demoiselle.

– Je n'aime pas les lentilles », dit Sergio.

Papi lâcha un pet.

« À ta santé, ma chérie. Félicitations. »

Mais Mariana, d'évidence, n'était pas contente.

« Je te déteste, maman ! » lança-t-elle.

Elle quitta la table en courant.

« J'ai moi aussi quelque chose à vous annoncer, dit Alfredo. Aujourd'hui… je suis allé chez le médecin…

– Fais attention, le plat est brûlant. Il t'a donné les certificats de Mamie ?

– Je n'aime pas les lentilles ! »

Sergio passait une journée épouvantable.

« Tu vas les manger tout de même. »

Alfredo essaya de reprendre la parole :

« Je lui ai parlé, et il a dit…

– Je les déteste, je les déteste et je les déteste !

– Sergio, ne recommence pas à crier à table. OK ? Et mange.

– C'est salé ? demanda l'aïeul. Parce que moi, le sel, je ne peux pas...

– Ta part est sans sel, répondit Lucy, et elle se tourna vers Alfredo : Tu as donné la voiture à réviser ? »

Sergio jeta un de ses robots dans son assiette. Les lentilles éclaboussèrent le visage et la chemise d'Alfredo. Lucy fut prise de fureur.

« Va dans ta chambre immédiatement ! Im-mé-dia-te-ment !

– Je ne veux pas.

– Le docteur pense que...

– Je crois qu'elles sont salées... Et moi, le sel, je ne peux pas...

– J'ai dit tout de suite !

– Je ne veux pas ! »

Sergio se mit à pleurer et à donner des coups sur le mur blanc en criant. Lucy le prit par le bras et le traîna malgré ses cris vers sa chambre. Ses hurlements et ses coups contre la porte se firent entendre pendant le reste du repas, tandis que Mariana allait s'enfermer dans la chambre d'Alfredo et de Lucy. Autour de la table, ce fut le silence, un silence que Papi finit par rompre pour dire qu'il ne pouvait pas non plus prendre de sucre, et pour demander où était Mamie. Lucy laissa tomber une larme dans son assiette et considéra que le repas était terminé.

À la télévision, une jeune femme enceinte eut une envie de Ferrero Rocher juste après le déjeuner, sur la terrasse. Son mari partit chercher les chocolats dans une décapotable rouge et l'appela de chez un grand chocolatier pour lui dire qu'il n'y avait pas de Ferrero Rocher. Mais elle ne voulait rien d'autre. Seulement des Ferrero Rocher. Et lui, dans sa décapotable, poursuivait ses recherches dans de nombreux pays très raffinés pour lui faire plaisir. Alfredo éteignit l'appareil.

Lucy alla coucher Papi. Il fallait auparavant le laver. Alfredo alla trouver Sergio, pour lui dire qu'il s'était mal conduit, puis il joua un moment avec lui aux robots, à la PlayStation et à la guerre de qui sait quoi. Sergio voulait qu'Alfredo fût Robovil. Il n'arrêta pas de le corriger parce qu'il ne savait pas parler comme dans le dessin animé. Alfredo essaya diverses voix, mais aucune ne convint. Sergio finit par se lasser et Alfredo le mena au lit en le portant dans ses bras. Il lui mit son pyjama, le coucha. De l'autre lit, Mariana les regardait.

« Il va dormir ici, celui-là ? »

Sergio lui tira la langue.

« Celui-là dort toujours ici, dit Alfredo. Maintenant, sois gentille et raconte-lui une histoire, allez. »

Mariana prit un air écœuré. Alfredo lui caressa la tête pendant quelques secondes. Sa fille était déjà grande. Il ne dit rien, pour ne pas la blesser. En sortant, il donna par mégarde un coup de pied à l'un des jouets de Sergio.

« Merde ! jura-t-il tout bas.

– Ne dis pas de gros mots », fit Sergio.

Avant de s'éloigner, Alfredo s'arrêta sur le pas de la porte pour regarder ses enfants. La lampe était éteinte mais il entrait assez de lumière venue de la rue. Il partait quand il entendit Mariana lui dire :

« Je veux une chambre pour moi seule.

– Tiens. Moi aussi je veux une chambre pour moi seul. »

Il ferma la porte mais resta la nuque appuyée contre le montant, pour les écouter.

« Raconte-moi une histoire, dit Sergio.

– Tu fais chier, répondit Mariana.

– Si c'est comme ça, j'appelle papa.

– Bon. Laisse-moi réfléchir. Je sais. Viens ici. Je vais te raconter l'histoire de M. Braun. Tu te souviens de M. Braun ?

– Quel M. Braun ?

– Le voisin qui promenait ses chiens.

– Le blond ?

– Oui.

– Il n'en avait qu'un, de chien.

– Il en avait plusieurs. Il n'en promenait qu'un seul à la fois. Ils étaient tous pareils. Et tous sanguinaires.

– Elle ne me plaît pas, cette histoire.

– Le fait est que Braun était un sale con qui sifflait les gamines dans les rues.

– Pourquoi les sifflait-il ?

– Parce que c'était un sale con. De plus, il traitait mal sa femme et sa fille. Si mal qu'il a un jour lâché les chiens sur elles, et qu'elles ont succombé sous les morsures.

– Cette histoire ne me plaît pas ! »

De l'autre côté de la porte, leur père cria :

« Mariana !

– D'accord, d'accord, fit Mariana. Je vais lui raconter le Petit Chaperon rouge. »

Puis elle baissa la voix, jeta à Sergio un regard étrange et lui dit tout bas :

« Et après, quand il a essayé de les arrêter, c'est lui qu'ils ont tué.

– Ce n'est pas vrai !

– Non ? Tu n'as jamais remarqué qu'on ne le voit plus promener ses chiens ? C'est parce qu'il est mort. On a emmené les chiens à la fourrière, et ils ont été sacrifiés. Mais on les entend encore hurler la nuit : Houuu, houuu... »

Sergio sentit un frisson le parcourir et se mit à l'abri sous les draps. Pendant ce temps, Alfredo alla à la salle de bains se débarrasser des lentilles. Quand il en sortit, Lucy était nue au milieu de la chambre et elle cherchait un pyjama. Il examina son corps. Hormis quelques stries et un début de cellulite contrôlé, Lucy avait un corps ferme et attirant. Bien qu'elle n'eût rien de particulièrement remarquable, elle lui semblait belle et bien proportionnée. Alfredo s'assit sur le lit et se déshabilla en lui tournant le dos. Il le faisait toujours ainsi, pendant qu'elle allumait le téléviseur de la chambre pour regarder le journal. Il finit de se changer et il se coucha. Maintenant, ils étaient tous deux côte à côte, les jambes tendues en direction de la télé. Alfredo se dit qu'ils pourraient faire l'amour, ou s'embrasser, mais il constata une fois de plus qu'elle ne l'attirait pas physiquement. Il en allait ainsi depuis longtemps. Il avait beau la trouver belle et l'aimer, pour ce qui était de la toucher, c'était une autre affaire. Il prit la main de Lucy, posée au milieu du lit, seulette. Elle sourit. À la télévision, une femme se plaignait tristement que son chemisier était taché de chocolat. Elle avait l'air très déprimée, mais de petits points blancs qui poursuivaient de petits points marron surgirent et elle parut heureuse. Son chemisier étincelait comme son sourire. Si seulement la vie était comme ça, s'il y avait un détergent pour les taches de moisissure de la tristesse.

« Il faut faire châtrer ce chat », dit Lucy.

Alfredo pensa à ses enfants. Sa mort ne serait pas aussi douloureuse s'ils n'étaient pas là. Peut-être faudrait-il faire châtrer aussi les hommes.

« Pauvre chat. Il ne saura jamais ce qu'il perd, dit-il.

– Il n'a rien à perdre. Il n'a même pas de nom. "Chat", ce n'est pas un nom, pour un chat.

– D'accord. Mais je crois tout de même que…

– Tu vas nettoyer ce qu'il salit et recoudre ce qu'il déchire ? »

Non. Il n'allait pas le faire. Il voulut baiser la main de Lucy, mais elle lui tourna le dos. C'était le signe qu'elle se déconnectait de la réalité. Il éteignit la lampe de chevet et laissa le téléviseur allumé. Il s'était toujours endormi ainsi, avec le clignotement de l'écran. Il fermait les yeux et écoutait les nouvelles d'une manière de plus en plus intermittente. Il était sur le point de s'endormir profondément quand il entendit :

« Le vendeur de lubrifiants industriels Alfredo Ramos est mort de mort naturelle. À son enterrement n'ont assisté que sa femme et ses enfants, auxquels il n'a laissé que des dettes et une bouteille de whisky… »

Il ouvrit brusquement les yeux et se redressa dans le lit. L'écran, devant lui, n'était qu'une pluie grise. Le programme était terminé depuis longtemps. Il déglutit, éteignit l'appareil et s'allongea de nouveau. Il entoura Lucy de son bras. Elle lui tournait encore le dos. Par la tuyauterie de la salle de bains arrivèrent une fois encore les gémissements des voisins coréens. Lucy ne bougea pas, bien qu'elle fût réveillée. Elle avait beaucoup de choses à raconter à son mari, mais elle ne savait pas exactement lesquelles.

À minuit, Mariana se leva, alla chercher la mallette de cosmétiques de Lucy, l'ouvrit et fouilla pendant un moment avant de trouver ce qu'elle cherchait : un vernis à ongles noir. Il était cher. Elle le glissa dans sa poche, s'assura que tout le monde dormait et quitta la maison. Discrètement, elle traversa l'ensemble résidentiel, suivant à peu près le chemin que prenait sa mère, jusqu'aux immeubles plus bas revêtus de briques. Elle s'arrêta dans le jardin des Parodi, chercha une petite pierre, visa du mieux qu'elle put et l'envoya sur une fenêtre du deuxième étage.

« Pssst ! » fit-elle.

Personne ne se montra. Mariana chercha une autre pierre et la lança. Elle commençait à s'impatienter quand Jasmín pointa son nez.

« Tu ne sais pas sonner aux portes ?

– Appelle ta sœur.

– Mamaaan ! Mariana est là ! »

Mariana calcula que, d'où elle était, elle pourrait l'atteindre au visage avec un caillou. Mari Pili apparut, la bouche ouverte par un bâillement, le visage enduit d'un masque bleu et la tête couverte d'un bonnet en matière plastique. On aurait dit une marionnette.

« Tu ne sais pas appuyer sur un bouton de sonnette ?

– Pardon. C'est que Katy… a un de mes cahiers et que j'en ai besoin pour demain matin.

– Ta mère sait que tu es venue ici ?

– Oui… Non… Je vous en prie, ne lui dites rien. Elle va me tuer. »

Mari Pili avait lu dans une revue, chez le coiffeur, qu'il vaut mieux se faire complice des amis de ses enfants pour savoir à temps s'ils se droguent ou pis encore. Elle la laissa monter, ce qui n'aurait pas fait plaisir à Juan Luis, mais Juan Luis dormait déjà. Juan Luis était toujours en train de dormir. Elle ouvrit la porte et avertit Mariana de ne pas s'attarder. Mariana la remercia, émue. Elle croisa Jasmín et lui marcha sur le pied. Jasmín cria un peu, mais elle s'y attendait. Mariana entra dans la chambre de Katy et alluma le plafonnier. Katy ne dormait pas avec Jasmín ; elle avait une chambre pour elle seule. Elle était tout juste couverte d'un drap presque transparent et d'un tee-shirt qui ne couvrait même pas sa culotte. Mariana lui toucha la joue. Elle était chaude. Elle fit glisser sa main le long du cou, jusqu'à l'épaule, et la secoua légèrement. Katy ouvrit les yeux.

« Que fais-tu là ?

– Je t'apporte un cadeau. »

Elle lui montra le vernis. Les yeux de Katy brillèrent.

« Où l'as-tu trouvé ?

– C'est pour toi.

– Merci ! »

Elle l'embrassa. Mariana sentit les seins de femme de Katy s'écraser contre sa poitrine de fillette.

« Donne-moi un cahier, dit-elle.

– Quoi ?

– Un cahier. N'importe lequel. Je te le rends demain à l'école. »

Mari Pili entra.

« Et alors, Mariana ? Il se fait tard. »

Mariana lui montra le cahier, adressa un sourire complice à Katy et sortit. Elle pensa à son amie pendant tout le chemin de retour. Elle sentit les pages du cahier, pour voir si elles gardaient l'odeur de Katy, monta chez elle le cœur bondissant dans sa poitrine. Dans l'ascenseur, elle se rendit compte que Katy lui avait donné son journal ou son agenda, un carnet personnel. Elle voulut le lire d'un bout à l'autre ce soir même. Elle entra prudemment dans l'appartement, courut à la salle de bains pour pouvoir l'examiner tranquillement. En ouvrant la porte, elle trouva Papi assis sur la cuvette des toilettes, les pantalons aux chevilles. Elle eut peur.

« Tu as une cigarette ? lui demanda-t-il.

– N…non.

– Ah. »

Elle referma la porte, alla dans sa chambre, se coucha en serrant le cahier contre elle. Les battements de son cœur l'empêchaient de dormir.

Papi attendait la venue du sommeil assis sur les toilettes. C'était tout ce qu'il pouvait faire quand il n'arrivait pas à dormir. Il avait envie d'une cigarette.

Huit ans auparavant s'était offerte à lui l'ultime chance d'avoir une maîtresse. Elle s'appelait Doris. Il avait fait sa connaissance au magasin, en l'aidant à ouvrir le congélateur où étaient rangées les crèmes glacées. Elle l'avait remercié et lui en avait offert une. Le sucre lui était déjà interdit, mais il avait accepté. Ils avaient parlé, évoqué les marchands de glaces d'autrefois, et ri.

Puis ils s'étaient revus de temps à autre à la résidence. Ils se souriaient et le plus souvent s'attardaient pour échanger quelques mots. À cette époque-là, Papi n'avait pas encore besoin d'une infirmière. Et bien des gens ne l'appelaient pas encore Papi. Leurs rencontres étaient fortuites et brèves, mais Papi avait le sentiment qu'elles gagnaient en intensité. Certains signes le lui indiquaient : elle s'était mise à le tutoyer, elle souriait sans raison, il la retrouvait quand ils faisaient leurs courses. Un jour, elle lui demanda s'il pouvait l'aider à dégorger un évier. Il ne connaissait rien aux tuyaux de ces trucs-là, mais il lui dit oui. Doris offrit un café et des biscuits en remerciement du petit service. Ils prirent rendez-vous pour le jour suivant. Elle vivait seule.

En rentrant chez lui, il annonça à Mamie qu'il irait jouer aux dominos tout l'après-midi du lendemain. Puis il s'enferma dans la salle de bains et se regarda dans le miroir. La possibilité d'avoir une maîtresse l'avait pris au dépourvu, alors qu'il ne s'y attendait plus. Son ventre se répandait tristement là où il n'aurait pas dû, il lui manquait deux dents, et ses cheveux étaient rares et blancs pour la plupart. En outre, il n'avait plus vraiment fait l'amour depuis des années. Il regarda son pénis, qui lui parut rétréci et enfoncé, presque pareil à un vagin. Il le secoua un peu, mais le membre ne donna pas le moindre signe de vouloir se réveiller.

Le soir même, il essaya de se rapprocher de Mamie. Ils dormaient dans des lits jumeaux, qu'une dizaine de centimètres séparait l'un de l'autre. De son lit, il n'arrivait pas à toucher sa femme sans tomber. Il essaya de lui caresser la tête, mais il eut une crampe à l'avant-bras. Elle ne le remarqua même pas. Il décida de se lever et de la rejoindre dans son lit. Il se leva donc. Elle lui demanda :

« Tu vas chercher de l'eau ? »

Il ne s'attendait pas à cette question.

« ... Oui.

– Apporte-m'en un verre à moi aussi. »

Papi quitta la chambre et revint bientôt avec deux verres d'eau. Il en tendit un à Mamie et s'assit sur le bord de son lit. Elle essaya de se soulever un peu pour boire. Il l'aida.

« Que se passe-t-il ? demanda-t-elle.

– Rien. Pourquoi ?

– Tu es bien aimable, bougonna-t-elle.

– Je t'aime. »

Elle termina son verre d'eau, le posa sur la table de nuit, passa la main dans les cheveux de Papi et lui tourna le dos. Il lui caressa l'épaule. Elle poussa un soupir de lassitude et s'enveloppa dans le drap. Il lui murmura à l'oreille des mots tendres qu'il fut lui-même surpris d'entendre dans sa bouche. Il souleva le drap, glissa d'abord les jambes puis le reste du corps dans le lit de sa femme, délicatement, sans faire de mouvement trop brusque, à cause de son lumbago. Il se coucha à côté d'elle et lui embrassa le cou, de la base à l'épaule, en lui soulevant tout doucement la chemise de nuit. Il essaya de la retourner, et il entendit ses ronflements.

Avec de grands efforts, il quitta le lit qu'il avait investi et alla à la salle de bains, où il baissa son pantalon et s'assit sur la cuvette des toilettes. Il essaya de penser à des femmes à poil, imagina Doris en train d'ôter des sous-vêtements en dentelle noire, imagina les dames du parc couchées jambes écartées, la charcutière du marché occupée à se caresser le ventre. Il ouvrit les yeux, mais son pénis était tout aussi flasque qu'un peu plus tôt. Alors, il essaya de rajeunir ses fantasmes, conçut des blondes aux seins phénoménaux, qui dansaient et se tripotaient sur le sable d'une plage tropicale. Il se remémora d'anciennes amours, sa première conquête – une jeune femme qui avait couché avec lui au cours d'un voyage au Chili –, les prostituées aux services desquelles il avait eu recours quand il était étudiant. Il resta un bon moment à rassembler ces images dans son esprit pour voir si elles lui fouettaient le sang. Mais son corps ne réagit pas. Il finit par s'endormir sur la cuvette des toilettes. Il se sentait très las.

Le lendemain, il sortit de bonne heure faire quelques courses, revint et s'enferma dans la salle de bains bien avant l'heure de son rendez-vous, avec sa chemise en soie couleur melon et ses chaussures blanches. Il avait acheté quelques bandes très larges, qu'il enroula autour de son ventre en essayant de le comprimer pour le dissimuler. Il eut beaucoup de peine à s'emmailloter ainsi. Quand il en vint à bout, il ne pouvait presque plus respirer. C'est alors qu'il s'avisa que s'il lui fallait ôter ses vêtements, cette sorte de gaine serait le comble de la honte. Il l'enleva. Il pensa alors à ses dents. S'il ne pouvait remplacer celles qui manquaient, il pouvait au moins laver celles qui lui restaient. Il avait une poudre blanchissante, avec laquelle il se brossa les dents pendant une demi-heure. Quand il eut fini, elles lui parurent un peu mieux. Pas beaucoup. Finalement, il pensa à ses cheveux. Il avait acheté une teinture, mais il ne savait pas comment s'en servir. Tout d'abord, il se contenta d'en verser un peu directement sur sa tête. Le liquide coula sur sa chemise puis tacha le sol. Mamie ne devait pas voir ça. Il essaya de nettoyer avec du papier hygiénique, mais il fit un faux mouvement, donna un coup de coude au flacon, et la teinture alla éclabousser toute la baignoire. Il remplit la baignoire pour la nettoyer, mais Mamie frappa à la porte. C'était l'heure de déjeuner. Il dit qu'il arrivait et tâcha de réparer les dégâts. Puis il prit le peu de teinture qui restait dans le flacon et l'appliqua sur son cuir chevelu comme si c'était du shampooing. Il se frotta soigneusement la tête, se coiffa, s'étudia dans le miroir. Pas mal. Il avait rajeuni. Il sourit et passa à table.

Tout d'abord, tout alla bien. Mamie servit un minestrone et lui demanda s'il n'avait pas eu mal au ventre la nuit précédente. Elle avait senti qu'il s'agitait beaucoup. Il nia et changea de sujet.

« La salle de bains est une vraie porcherie, dit-il. Je crois que la teinture de tes cheveux a dû tomber.

– Elle est tombée comme ça, toute seule ?

– Qu'en sais-je, moi ? Tout est très sale. »

Au milieu du déjeuner, elle se mit à rire. D'abord tout

bas, discrètement, comme elle en avait l'habitude, plus avec le nez qu'avec la bouche. Puis elle rit aux éclats. Il crut qu'elle se souvenait d'une bonne blague, mais il finit par comprendre que c'était lui qui la faisait rire. Peut-être avait-elle remarqué la nouvelle couleur de ses cheveux, qui le rajeunissait. Honteux, il baissa les yeux et regarda son assiette. Deux gouttes noires flottaient entre les morceaux de viande. Et une autre goutte venait de tomber de son cou. Il courut jusqu'au miroir de la salle de bains. Les gouttes glissaient sur son front, sur ses joues. Derrière lui, Mamie se tordait de rire.

L'après-midi, quand Doris ouvrit sa porte pour accueillir Papi, elle le trouva les cheveux pareils à une mappemonde, dont les taches noires auraient figuré les continents et les taches claires les mers. Ses dents étaient blanches, non pas de propreté, mais d'un blanc de mur chaulé. Bien qu'il fît plus de trente degrés, il portait un manteau noir qui lui arrivait presque jusqu'aux pieds. Il avait apporté des chocolats.

Elle le remercia pour les chocolats, le débarrassa de son manteau et lui demanda s'il préférait prendre le café avant de s'occuper du siphon. Il se montra virilement pressé de se mettre au travail. Ils passèrent à la cuisine, qui était peinte en jaune, avec des carreaux de céramique rosés. Ce qui lui parut très féminin. Il lui demanda un tournevis, une pince et un chiffon. Pendant que Doris allait chercher les outils, il se coucha sous l'évier en veillant à ne pas se cogner. Il comprit qu'il n'aurait pas dû mettre sa chemise couleur melon. Sa tenue n'était pas celle d'un ouvrier mais celle d'un vieil homme encore vert. Un vieil homme vert melon. Le tuyau d'évacuation de l'évier était fixé par deux vis. Il retira les deux vis et dégagea le tuyau pour chercher ce qui bouchait. Ce faisant, il reçut une giclée d'eau avec des déchets de légumes et un liquide semblable à de l'huile. Il supposa que c'était là le bouchon et il nettoya de son mieux. Il demanda un goupillon pour retirer les déchets solides. Il frotta un peu ici et là. Tout allait pour le mieux. Il finit d'enlever ce qu'il trouva, puis remit le tuyau en place. Il lui fallut un quart d'heure pour retrouver les écrous, qu'il avait laissés sous le meuble. Quand il eut fini, il se sentit comme un acteur de cinéma.

Doris le remercia et lui donna même un baiser. Elle servit le café et ils passèrent au salon. Ils s'assirent l'un près de l'autre sur le canapé. Il raconta qu'il s'était toujours occupé des réparations, chez lui. Elle reconnut que, depuis son veuvage, elle sentait qu'il lui manquait un bras. Elle vivait de la confortable pension d'un militaire qui avait participé à quatre coups d'État et à deux guerres, pour finir par mourir dans sa baignoire, après avoir glissé sur le savon. Doris dit qu'il ne méritait pas cette mort-là. Papi se rappela son séjour diurne et nocturne dans la salle de bains, et se dit qu'il avait apparemment couru un grand risque. Doris vit la tache sur la chemise couleur melon et alla chercher un chiffon pour l'enlever. Papi lui dit de ne pas se déranger, mais elle insista. Elle commença par la frotter avec de l'eau et du sel. Papi sentait le contact de sa main sur son épaule, et c'était pour lui une caresse. Peut-être en était-ce une.

« Il va falloir que tu enlèves ta chemise.

– Mais… Ici ?

– À mon âge, je ne verrai rien de nouveau. Il va falloir que je la fasse tremper pendant une demi-heure. Puis on la mettra au sèche-linge. »

Papi lui tourna le dos pour enlever sa chemise. Elle souriait. Il la lui tendit et elle l'emporta dans la cuisine. Papi resta au salon devant sa tasse de café et les chocolats, torse nu. Par la fente de la porte, il la voyait découper des morceaux de savon Bolívar pour mettre la chemise à tremper. À ce moment, elle se baissa pour prendre quelque chose dans un tiroir, et son cul flamboya sous sa robe. Elle devait le faire exprès, songea-t-il. Il prit conscience qu'il n'avait plus fait l'amour avec personne depuis trente ans, excepté Mamie, et se demanda s'il saurait encore s'y prendre. Ce qui ne l'empêcha pas d'aller vers elle. Il poussa légèrement le battant de la porte. Elle le vit entrer et lui sourit. Il se rapprocha davantage de Doris, qui avait trouvé tout ce qu'il lui fallait. Il se mit juste derrière elle, de façon à pouvoir respirer près de son oreille, sentir ses cheveux.

« Tu veux que je t'aide ? murmura-t-il.

– C'est fait », dit-elle.

Elle se retourna et le regarda dans les yeux. Il prit appui sur la table de la cuisine en se demandant s'il faisait bien d'agir ainsi. Il se souvint de Mamie ronflant près de lui. Doris dit que maintenant il n'y avait plus qu'à attendre. Et elle resta là, debout, son visage tout près de celui de Papi. Tout à coup retentit dans la cuisine une sorte d'éructation. Papi avait pris ses médicaments contre les flatulences, mais il s'inquiéta tout de même. Doris se retourna. Le bruit venait de l'évier engorgé. Il ouvrit la porte du meuble. Le tuyau débouché lâchait deux jets d'eau furieux. Ils fermèrent le robinet, mais le jet ne s'arrêta pas. La cuisine pouvait être rapidement inondée. Doris courut au téléphone appeler un plombier. Papi regarda l'eau jaillir. Puis il se recoucha torse nu sous l'évier, pour tenter d'arrêter la fuite. Il resta là, à se refroidir, jusqu'à l'arrivée du plombier. Même après, il continua de se dire qu'il aurait peut-être pu arranger ça.

Voilà ce qu'il se rappelait, cette nuit. Mais, maintenant, il attendait que vienne le sommeil et comprenait, non sans inquiétude, qu'il avait envie d'une cigarette.

La nuit, quand tout est silencieux, l'odeur devient plus pénétrante. Le chat en cherche l'origine. Il se dit qu'elle vient peut-être de ces nouveaux monstres de marbre que Lucy a achetés. Ils ont toujours l'air tranquilles, immobiles, mais il sait qu'en réalité ce sont de sales bêtes. Il monte sur une chaise pour les observer de plus près. On dirait qu'ils l'ont vu faire. Il se cache et leur laisse tout le temps de l'oublier. C'est un chasseur.

Au bout d'un moment, il grimpe sur la table qui est près d'eux. À présent, il peut les observer sans qu'ils le voient. Les monstres ne bougent pas, mais il sait que c'est seulement pour donner le change. Il se glisse entre les meubles, dessine des figures autour du socle, sans le toucher, les yeux rivés sur sa proie. Puis il concentre toutes ses forces dans ses pattes de derrière. Il évalue l'élan qu'il doit prendre pour les atteindre d'un bond. Et il saute.

Les monstres de marbre font un terrible vacarme en tombant. Ils heurtent le sol et volent en éclats. Il les a eus. Mais les lumières s'allument. Des cris retentissent. Le chat sait qu'il doit une fois de plus courir se cacher sous un meuble. Décidément, cette odeur lui fait faire des choses odieuses.

À la sortie de l'école, Lucy apparut avec le chat dans sa cage. Elle allait l'emmener chez le vétérinaire. Il n'arrêtait pas de protester, de miauler de peur et d'envie de s'enfuir, comme s'il savait ce qui allait se passer. Il griffait les côtés de la cage et ses griffes, semblables à des crochets, apparaissaient entre les barreaux.

«Je rentre à pied avec Katy», dit Mariana, et Katy, à côté d'elle, donna son assentiment.

«Je ne veux pas aller avec elles, protesta Jasmín. Elles vont me larguer en chemin.

– Viens avec moi en voiture, proposa Lucy.

– Non ! cria Sergio. Pas elle, maman, non !

– Sergio, ne sois pas impoli avec Jasmín. Montez à l'arrière et allons-y.

– Je ne veux pas ! »

Jasmín baissa la tête, fit sa lippe, et une larme roula sur sa joue. On aurait dit qu'elle était seule dans l'immensité de l'école. Lucy se fâcha contre son fils.

« Regarde ce que tu as fait ! Demande pardon à Jasmín et fais-lui la bise.

– Maman !

– Tu as entendu ce que j'ai dit ou tu préfères rentrer à la maison à pied ? »

Il préférait rentrer à la maison à pied. Il adressa un regard suppliant à sa sœur, mais Mariana lui renvoya un regard de menace. Il n'avait pas le choix. Malgré lui, il approcha ses lèvres de la joue de Jasmín. La gamine tourna la tête pour recevoir le baiser sur les lèvres. Pendant tout le trajet, Sergio n'arrêta pas de se frotter la bouche du revers de la main. Jasmín riait. Elle insista pour les accompagner chez le vétérinaire.

Ils passèrent un moment dans la salle d'attente, où Lucy remplit quelques formulaires. Jasmín enlaça Sergio et ne le lâcha plus. En ouvrant son sac pour y prendre un stylo, Lucy trouva un petit billet plié en quatre. Elle le regarda sans l'ouvrir. Son visage prit une couleur très étrange. Sergio se demanda si elle aussi ne serait pas un fantôme. Mais à cet instant le vétérinaire les appela et les fit entrer dans une pièce avec une table recouverte de papier. Auprès de lui se tenait une assistante aussi petite que rondouillarde avec un masque vert. Le vétérinaire portait des gants très fins mais résistants, à l'épreuve des coups de griffes. Il leur dit qu'ils devaient attendre dehors mais qu'ils pouvaient voir l'opération derrière le guichet. Lucy demanda si elle pouvait laisser les enfants sous la surveillance de l'assistante et annonça qu'elle allait en profiter pour monter chez elle se refaire une beauté. Elle redescendrait dans une dizaine de minutes.

« Conduis-toi bien avec Jasmín », dit-elle.

Jasmín prit Sergio par le bras. Il avait envie de vomir.

Le vétérinaire sortit le chat de la cage malgré ses hurlements et le coucha sur la table. Il le tranquillisa un peu en lui parlant à voix basse et prit une seringue sur une tablette. Sergio vit l'aiguille percer la peau et entrer dans la chair. Près de la table, il y avait une étagère avec des ciseaux, des scalpels et des anneaux en gomme. L'infirmière leur expliqua que les anneaux servaient à couper la circulation dans les testicules. Sergio pensa à ses propres testicules et à son capuchon. Le chat aussi avait un capuchon, mais plus grand. Normalement, on ne pouvait pas voir son zizi, sauf quand il se léchait l'aine. Ou les pattes. Le chat pouvait faire ça. En revanche, sa quéquette était beaucoup plus petite que celle de Sergio, et il allait devoir attendre longtemps avant de pouvoir faire ce que faisaient les fantômes, à l'école. Sur le papier qui couvrait la table s'étalait une tache de sang.

« Pourquoi font-ils ça ? demanda Jasmín.

– Parce qu'il ne se conduit pas bien.

– Ça veut dire que si tu ne te conduis pas bien on te fera la même chose ?

– Que tu es bête. On ne fait ça qu'aux chats.

– Et ils ne meurent pas ?

– Non. Maman dit qu'ils grossissent.

– Moi, je connais un mort.

– Tu mens. Je t'ai dit que je ne te croyais pas.

– C'est vrai. Il vit à côté de chez moi. Si tu veux, on pourra aller le voir, un jour.

– C'est vrai ? Je vais demander la permission à maman.

– Elle ne voudra pas. Il faut que ce soit un secret.

– C'est impossible. Les morts sont connus. Il y a leur nom dans les journaux.

– Pas celui-là. C'est un mort très discret. »

À ce moment-là, le chat bondit de la table. Il avait la seringue plantée dans le dos, avec tout son contenu à l'intérieur qui se balançait tandis qu'il filait dans un coin, où il se retrancha en montrant les dents, l'échine toute hérissée. Son sang avait goutté sur la table et il en perdait encore, sur le côté. Le vétérinaire s'approcha, pour le calmer, mais le chat lui sauta au visage et courut dans un autre coin. En passant, il fit tomber l'étagère avec les instruments. Il eut encore plus peur et se mit à faire des bruits avec ses mandibules, comme des rafales de mitraillette étouffées. Personne ne put le calmer, ni l'assistante ni Sergio. Dès que quelqu'un s'approchait de lui, il bondissait vers un autre angle de la pièce en laissant sur le visage des griffures et des morsures. Il réussit à s'échapper de la pièce et déboula dans la salle d'attente, où les autres chats devinrent nerveux et les chiens se mirent à le poursuivre, en renversant les cages des oiseaux et les dames qui les portaient. Un des chiens essaya de dévorer le singe d'un forestier et tous les autres se jetèrent sur lui. Quand les cris et les hurlements devinrent insupportables, Jasmín dit à Sergio :

« Je crois que ton chat ne veut pas se conduire comme il faut. »

Sergio pensa aux chiens de M. Braun, hurlant, les mandibules dégoulinant de sang.

Tu étais délicieuse à la poissonnerie
Maintenant, je veux en voir plus.
Clinique San Felipe. 15h45

Lucy examina ce billet plus longuement que le premier qu'elle avait découvert. C'était la même écriture, la même encre et le même papier que la fois précédente, encore qu'il parût avoir été écrit avec plus de hâte, comme si son auteur avait improvisé. Elle essaya de se remémorer les gens qui avaient pu se trouver près de son sac, mais elle comprit rapidement qu'entre les rues et le marché, le billet avait pu être déposé par des dizaines d'inconnus. Elle ne fut plus aussi bouleversée, cette fois. Au contraire, elle s'en divertit pendant quelques secondes. Puis elle rougit et tâcha de ne plus y penser.

De retour à la maison avec les enfants, elle alla s'enfermer dans la salle de bains et, à l'aide du correcteur Ginger, dissimula les cernes qu'avait accentués la mauvaise nuit qu'elle avait passée. Quelqu'un la draguait, c'était clair. Un malade mental, peut-être. Mais il la draguait. Il y avait longtemps qu'elle ne s'était pas sentie véritablement dévorée des yeux. Un regard en passant, ce n'est pas la même chose qu'un regard pénétrant, déterminé, un regard qui ne cherche pas de réponse, qui trouve son contentement dans l'objet observé sans rien attendre en contrepartie. Un regard gratuit. Elle se mit un fond de teint scintillant Seychelles. Elle voulait un *look* adéquat pour une journée de travail, comme toujours, mais, en même temps, quelque chose d'un peu plus sophistiqué. Il lui parut tout à coup évident que pendant des années elle s'était maquillée pour paraître agréable, pas pour briller, qu'elle s'était fardée pour dissimuler ses défauts, pas pour mettre en valeur ses avantages. Avec un petit pinceau, elle étala sur sa paupière supérieure un peu d'ombre marron Marienbad. Sous les sourcils, elle appliqua quelques touches d'ombre violette, en estompant bien les deux. Il lui parut tout aussi évident qu'elle s'était jusqu'alors maquillée en fonction des regards agressifs auxquels elle était exposée au marché, des sifflements des hommes devant lesquels elle préférait passer en toute discrétion. Pour elle, le maquillage avait toujours été un moyen de se rendre transparente. Pendant qu'elle préparait une couche légère de mascara noir Black Orchid pour ses cils, elle sentit de nouveau l'odeur de moisi. Elle préféra l'ignorer. Aujourd'hui, elle allait sortir pour briller.

Elle sortit donc en calculant le temps dont elle disposerait avant de retourner chez le vétérinaire. L'opération durerait sans doute une heure. À 15 h 25, elle prit son chemin personnel en direction de la clinique, où elle arriva en avance, à 15 h 36. Pour ne pas paraître trop impatiente, elle fit le tour du pâté de maisons et, en fermant la boucle, constata qu'il n'était encore que 15 h 41. Alors, elle fit demi-tour, repartit en sens inverse, et finit par arriver devant la porte à 15 h 46, avec une minute de retard. Il est toujours préférable de se faire attendre.

Étrange endroit pour un rendez-vous qu'une clinique. Il n'était pas impossible que l'auteur de ces billets fût un médecin. Elle essaya de se rappeler ceux avec qui elle avait pris rendez-vous, mais ne se souvint que du nain chauve qui lui avait soigné un furoncle deux ans auparavant. Un type aussi insipide qu'un potage aux vermicelles. Pendant la consultation, Lucy avait essayé de détendre l'atmosphère avec deux plaisanteries de bon goût, mais le nabot n'avait même pas semblé l'entendre. Il lui avait tendu l'ordonnance d'un geste qui ressemblait à un bâillement, et ne s'était même pas fendu d'un sourire en la raccompagnant. Restait à espérer que ce type-là ne fût pas l'auteur des billets doux. Elle parcourut la liste des services et des médecins affichée au premier étage. Aucun nom ne lui disait quoi que ce fût. Elle patienta dans la salle d'attente jusqu'au moment où la réceptionniste lui demanda qui elle voulait voir.

Elle ne sut que répondre, une envie irrésistible s'empara d'elle, et elle pouffa de rire pendant que la réceptionniste la regardait sans comprendre. Pour dire quelque chose, Lucy lui demanda où était la cafétéria. Elle était à côté, bien en évidence, avant d'entrer. Lucy remercia et tourna le dos au bureau d'accueil. Elle monta dans le premier ascenseur qu'elle trouva ouvert. Il y avait huit personnes à l'intérieur. Elle les compta et tâcha de les fixer dans sa mémoire. Aucune de ces personnes ne semblait faire particulièrement attention à elle. Elle sortit au sixième étage. Pédiatrie et médecine générale. C'est alors qu'elle sentit le regard se ficher comme un stylet dans son dos.

Elle se retourna juste à temps pour voir la porte de l'ascenseur se refermer. Mais la sensation d'être observée persista. Elle avança dans le couloir, entre des enfants plâtrés et des parents aux expressions douloureuses. Il fallait accélérer les recherches. Elle se sentait proche de la révélation. Derrière elle, une porte se ferma. Elle sut que le regard venait de là. Sans pouvoir s'en empêcher, elle avança jusqu'à la porte. Une infirmière essaya de lui barrer le passage, en voyant où elle se dirigeait, mais il était trop tard. Lucy tournait déjà la poignée et entrait.

À l'intérieur, une petite fille nue poussa un cri d'effroi. Un médecin et une femme qui devait être la mère de la petite la regardèrent, muets d'étonnement. Lucy s'excusa, ressortit et longea rapidement le couloir, tandis que les cris de l'infirmière s'apaisaient, derrière elle. Malgré tout, elle sentait encore le regard peser, dans son dos. Elle trouva des toilettes et y entra. Elle se lava le visage, se remaquilla, puis alla s'asseoir sur une des cuvettes et ferma la porte. C'est alors qu'elle éprouva le besoin de se toucher. Portant la main à sa poitrine, elle plongea un doigt dans l'échancrure de sa robe, jusqu'au soutien-gorge. Mais elle n'alla pas plus loin, se demanda ce qu'elle était en train de faire et eut honte. Puis elle imagina que ce n'était pas son doigt qui était posé là, mais celui de quelqu'un d'autre. L'idée l'excita fort. Elle replongea le doigt à la recherche du mamelon, déboutonna sa robe. Décrocha le soutien-gorge. Sentit que sa poitrine était libérée. Elle la caressa. Combien elle lui paraissait plus belle que les jours précédents, plus belle que jamais ! Tout à coup, quelqu'un entra dans les toilettes et elle s'arrêta.

Sa robe reboutonnée, elle quitta la clinique et retourna chez le vétérinaire. Elle se trouva en plein branle-bas de combat. Le médecin, son assistante et sa clientèle avaient réussi à arracher la seringue du dos du chat, mais personne n'avait encore pu s'emparer de lui. Au terme de vaillants efforts, Lucy put enfin remettre le chat dans sa cage, sur quoi le vétérinaire l'avertit qu'il ne voulait plus jamais revoir cet animal. Ce qui n'inquiéta pas Lucy outre mesure.

Le soir, quand Alfredo revint du travail, Lucy réchauffa

une pizza, fit manger sa famille le plus vite possible, lava la vaisselle en cinq minutes. Il n'y eut pas de dessert. Mariana appela pour dire qu'elle dormirait chez Katy, Mari Pili dit qu'il n'y avait aucun problème, et elle les invita à dîner le lendemain soir. Lucy mit Sergio au lit une heure plus tôt que d'habitude et laissa Papi devant le téléviseur dans le salon. Elle entra dans sa chambre et vit Alfredo sortir de la salle de bains en pyjama, comme tous les soirs. Il s'était mis un pyjama rayé qui faisait penser à une tenue de bagnard et qu'elle ne pouvait souffrir. Elle enleva sa robe devant lui.

« Tu l'aimes, la culotte que j'ai mise aujourd'hui ? »

Alfredo sourit. C'était une culotte noire à dentelles. Peut-être un cadeau qu'il lui avait fait.

« Oui », dit-il simplement.

Et il se coucha en se tournant de l'autre côté. Lucy contourna le lit pour finir de se déshabiller devant lui, puis elle mit une ample chemise de nuit en lui faisant de grands sourires. Il lui sourit de son côté et ferma les yeux. Il se lova en chien de fusil. Elle se coucha, l'enlaça par-derrière et porta la main à son entrecuisse. Il eut un petit rire et se retourna. Il l'embrassa, et fit en sorte que les choses n'aillent pas plus loin. Mais elle l'embrassa avec plus de fougue sur le cou, la nuque, lui déboutonna le pyjama et chercha ses tétins du bout de la langue. Il essaya de se dérober en douceur, mais ne put l'empêcher de descendre jusqu'à son ventre, puis son bas-ventre.

« J'ai eu une journée difficile, Lucy...

– C'est justement pour ça... pour ça... »

Il ne lui parut pas très convaincu, jusqu'au moment où elle le caressa avec les lèvres, la langue. Alors elle sentit durcir sa détermination et grossir ses doux halètements. Il lui saisit la tête et se mit à marquer le rythme qui lui faisait plaisir, tout d'abord lent, puis de plus en plus rapide. Elle se rappela la sensation qui avait couru tout le long de son dos à la clinique et s'interrompit.

« Qu'est-ce qu'il y a ? demanda Alfredo.

– Attends. »

Elle se leva, s'approcha de la fenêtre et tira complètement les rideaux.

« Tu n'éteins pas la lumière ? demanda Alfredo.

– Pourquoi ? Ça te gêne ? Ça change un peu.

– C'est sûr. »

Puis elle se recoucha et plongea sous le drap. Alfredo avait l'air intéressé. Elle se demanda si quelqu'un les regardait. Et elle se plut à imaginer que oui.

Alfredo commença à se mettre en train seulement après que Lucy fut passée aux actes. Il la fit grimper et s'agenouiller au-dessus de ses hanches et chercha avec son pénis le trou qui convenait. Tout d'abord, il ne le trouva pas et essaya encore jusqu'à ce qu'elle l'eût guidé avec sa main. Il se mit aussitôt à s'agiter très rapidement, comme s'il était au comble de l'excitation. Elle dut l'arrêter et marquer un rythme plus lent. Quand ils furent ainsi accouplés, Alfredo chercha dans son archive mentale des images de femmes afin de se figurer qu'il faisait l'amour avec une autre. Il en avait de nombreuses enregistrées dans sa tête. Quelques amoureuses, d'anciennes amies, diverses actrices de films pornographiques – dont certaines quasi préhistoriques – et encore quelques vendeuses de magasin, des compagnes de travail ou des femmes qu'il avait seulement croisées l'espace d'un instant mais dont il ne pouvait oublier tel ou tel charme. En général, il les combinait. Il pouvait faire l'amour avec les seins de l'une, le cul d'une autre, la bouche d'une troisième, en se concentrant à l'instant crucial sur la partie du corps que son imagination choisissait. Ses sens abusés lui présentaient même les gémissements de Lucy comme un désir interdit. Le seul problème était que ces fantaisies duraient moins que la venue de l'assouvissement de sa femme. Alfredo sentait à un certain moment qu'il fallait en finir, mais il voyait qu'elle n'en était encore qu'aux prémices. Dès lors, il s'efforçait de penser à des choses peu agréables, comme les ennuis de son travail ou le paiement du crédit, pour ne pas en finir trop vite. Il ne revenait à sa concentration sur les images mentales que quand il sentait qu'elle était sur le point de parvenir à l'orgasme, afin d'y arriver en même temps qu'elle. Après le rite, il lui caressait les cheveux pendant qu'elle s'endormait. C'était une vieille habitude qui datait des débuts de leur mariage. Du pilotage automatique. Et s'il lui arrivait de l'oublier, elle le lui rappelait en portant la main à son front. Normalement, elle l'embrassait, mais, cette fois-ci, elle ne le fit pas. Sans qu'il sût pourquoi, Alfredo sentit qu'ils avaient fait l'amour à des kilomètres l'un de l'autre.

C'était qu'en principe il n'en avait pas la moindre envie et finalement trouvait ça déprimant. Le matin même, il s'était surpris en train de se masturber dans les toilettes du bureau pendant que les autres employés frappaient à la porte et que l'homme du service de nettoyage demandait à entrer pour vider la corbeille. Ensuite, il avait découvert trop tard qu'il n'y avait pas de papier hygiénique. Il avait dû s'essuyer de son mieux avec la main puis avec la serviette de toilette en se jurant de ne plus jamais s'en servir pour s'éponger le visage. Mais le plus douloureux était encore qu'il pensait à Gloria en faisant tout cela.

En revenant à son bureau, il décida de tout dire à sa secrétaire de la consultation et du diagnostic du médecin. Il avait besoin de parler à quelqu'un. Il l'appela trois fois. Chaque fois, elle entra, s'assit devant lui et le regarda dans les yeux, son bloc-notes à la main. Ses seins étaient toujours aussi horribles, mais elle avait de grands yeux noirs d'étang nocturne.

« Euh…

– Voulez-vous me dicter quelques notes ou une lettre d'affaires ?

– Euh…

– Donnez-moi le nom du destinataire.

– Oubliez ça, Gloria… Euh… Merci. »

Puis il but une grosse gorgée de whisky, alluma une cigarette, prit l'annuaire et fit glisser un doigt sur les colonnes en choisissant quelques numéros au hasard. Aux premières réponses, il se contenta de raccrocher, mais l'une des voix lui parut particulièrement amène, et il décida de se confier à elle.

« Allô ?

– Bonjour…

– Oui ?

– Je vais... Je vais mourir.

– Qui êtes-vous ?

– On me l'a annoncé hier et j'ai pensé que... j'ai pensé...

– C'est toi, Eduardo ? C'est encore une de tes blagues ?

– Non... non, ce n'est pas une blague.

– À qui voulez-vous parler ?

– Je ne sais pas.

– Qui êtes-vous ?

– Je m'appelle Alfredo.

– Alfredo.

– Oui. Il me reste six mois... six mois. Pas plus.

– Je crois que vous vous êtes trompé... vous vous êtes trompé de numéro.

– Oui. Je regrette. Je regrette beaucoup. »

Et ils raccrochèrent. Il devait parler à Gloria, il le fallait. Il l'invita à déjeuner. Son instinct lui dicta de ne pas se précipiter et de se diriger discrètement vers la porte, pour ne pas être remarqué. Il eut néanmoins l'impression que tous ses collègues avaient les yeux fixés sur lui, qu'ils le saluaient avec des sourires torves. Ils allèrent dans un restaurant quelconque dont les menus étaient bon marché et la cuisine grasse. Alfredo était nerveux. Pendant qu'ils mangeaient les hors-d'œuvre, il parla de leur travail. De bêtises pures : contrats, salaires, ventes. Il se dit qu'il valait mieux y aller en douceur. Quand arrivèrent les plats, il passa à des sujets plus personnels : perspectives, vocations, intérêts. Il s'avisa qu'ils ne l'avaient jamais fait jusqu'à présent et qu'ils ne savaient même pas comment s'y prendre. En venir à ce qu'il désirait lui dire était encore plus difficile. Ils s'en approchaient pourtant quand un groupe du département des ressources humaines vint s'asseoir à la table voisine. Ces gens fêtaient l'anniversaire d'un de leurs assistants ; ils les saluèrent avec force exclamations et les invitèrent à leur table. Ils parlaient très fort. Le déjeuner fini, Alfredo et Gloria retournèrent à leur travail avec le sentiment de ne s'être rien dit de tout le repas. Alfredo s'enferma dans son bureau et demanda du café. Quand Gloria le lui apporta, il la pria une nouvelle fois de s'asseoir.

« Je prends le bloc-notes ?

– Non, ça va comme ça. »

Elle s'assit.

« Gloria, vous aimez bien travailler ici ?

– Oui, monsieur Ramos.

– Parce que je… je voudrais que vous sachiez… que c'est très important pour moi.

– Je vous remercie. »

Il ne savait plus quoi dire. Mais il tenait à lui faire comprendre à quel point il l'appréciait. Alors, il remarqua qu'elle avait posé les mains sur le bureau. Des mains replètes à la peau mate avec de faux ongles rouges. Il prit une de ces mains entre les siennes et la serra très fort. Elle était froide. Il l'approcha de ses lèvres. Gloria la retira fermement. Les yeux écarquillés, elle était plus rouge que ses ongles et elle tremblait.

« Je crois… je crois qu'il vaut mieux que je sorte, monsieur Ramos. Avec votre permission. »

Elle se leva et retourna à son poste. Alfredo ne la revit pas du reste de l'après-midi. Quand il quitta son bureau, elle était déjà partie. Le soir, pendant qu'il faisait l'amour avec Lucy, les mains de Gloria revinrent sans cesse à son esprit, plus souvent que n'importe quelle autre partie de n'importe quel autre corps féminin.

Mariana et Katy regardèrent leur série télé en mangeant des sandwichs variés dans la chambre. Jasmín voulut entrer, mais sa sœur la chassa. Mariana l'envia de pouvoir faire ça. Katy lui avait prêté un pyjama qui ressemblait à un *baby-doll* en soie avec une véritable culotte, de celles qui se ferment avec des crochets sur les côtés. Puis elles étudièrent ensemble les catalogues chirurgicaux de Mari Pili, jouant à savoir quelles parties du corps elles se feraient opérer. Katy penchait pour le nez. Mariana, elle, se ferait tout refaire, elle deviendrait une autre.

« Pourquoi ? lui demanda Katy. Tu es très belle, au contraire. »

Mariana rougit en l'entendant.

« J'aimerais avoir des seins comme les tiens », lui dit-elle.

Sur ce, Katy fit un strip-tease, ce qui les fit rire. Puis elles se mirent du vernis noir sur les ongles des orteils. Mariana demanda à Katy de ne lui en mettre qu'aux orteils, pour que sa mère ne se rende pas compte qu'elle lui avait volé le vernis. Tandis qu'elles jouaient du pinceau, Mariana passa la mesure et se vernit un doigt. Katy, pour s'amuser, lui peignit le cou-de-pied. Mariana lui rendit la pareille en traçant un trait de pinceau sur son nez. Elles roulèrent sur le sol en luttant jusqu'au moment où Mari Pili entra pour leur ordonner de se coucher. Avant de se mettre au lit, Katy sortit des cigarettes.

« Tu aimes fumer ? demanda-t-elle à Mariana.

– Et comment. »

Mariana n'avait jamais fumé, mais elle savait qu'elle allait aimer ça. Elles s'approchèrent de la fenêtre et fumèrent en rejetant la fumée dehors, dans la nuit.

« Dis, pour qui tu en pinces, à l'école ? demanda Mariana.

– Personne.

– Javier il en pince pour toi.

– Javier est un taré. »

Javier était plus âgé que ses camarades parce qu'il avait redoublé deux fois. Ses parents lui avaient promis de lui offrir une voiture s'il réussissait à passer dans la classe supérieure, et il était maintenant le seul élève à avoir un permis de conduire. Il courait les bistrots, fumait de la marijuana à l'école et jurait avoir baisé plusieurs fois. Mariana le considérait comme un parfait imbécile. Mais la moitié de la classe voulait monter dans sa voiture. Katy souffla la fumée.

« Et toi, qui tu trouves bien ?

– Personne. »

Puis Katy vaporisa la chambre avec l'aérosol des toilettes pour supprimer l'odeur du tabac. Un parfum de fleurs synthétique envahit la pièce. Katy montra à Mariana ses serviettes hygiéniques spéciales pour la nuit. Elles en mirent toutes les deux.

« Tu savais que si deux femmes sont de grandes amies elles finissent par avoir leurs règles au même moment ?

– Alors, nous sommes de grandes amies.

– On fait un pacte ? »

Leur pacte fut scellé avec du vernis noir et le sang de leurs règles. Katy déclara que c'était le pacte le plus dégoûtant qu'elle avait fait de sa vie. Mariana dit que c'était moins douloureux que se couper un doigt. Elles rirent et allèrent se coucher. De près, Katy sentait la cigarette et la serviette hygiénique. Elle sentait aussi son eau de toilette préférée, Colors. Mariana ne mettait pas d'eau de toilette, mais Katy lui en donna un peu. Maintenant, elles avaient la même odeur. Elles regardèrent leurs pieds, sous le drap. Les ongles noirs contrastaient avec la blancheur des draps. Mariana eut pour la première fois l'impression qu'elle avait de beaux pieds. Quand elles éteignirent, de petites étoiles phosphorescentes brillèrent au plafond. Elles s'effacèrent pendant que les deux grandes amies conversaient. Katy confia à

Mariana que tous les garçons de l'école lui semblaient immatures. Mariana répondit que c'étaient seulement des crétins. Au plafond, les étoiles avaient perdu tout leur éclat.

Elle était là. Tout d'abord, le brouillard sema un doute, puis il vit qu'il ne s'était pas trompé : c'était bien la vieille femme ridée et catatonique de l'autre jour. Elle regardait dans le vide et avait ce tic, à la main. Papi essaya de la saluer de loin, mais elle ne le vit pas. Il se rapprocha à petits pas lents. Derrière lui, il entendit la voix de l'infirmière :

« Pas par là. Nous tournons à gauche. »

La serre se referma sur son bras et l'entraîna de l'autre côté. Il voulut résister et continuer dans la même direction, mais l'infirmière refusa de céder. N'en pouvant plus, il tourna à gauche, et sentit le pincement de la tristesse profonde. Ils marchèrent jusqu'à la première halte, où ils s'assirent sur un banc, près d'une haie.

« Auriez-vous une cigarette ?

– Ça ne vous fait pas du bien, de fumer. »

Rien de ce qui était bon ne lui faisait du bien. Il pouvait

seulement avaler des médicaments pour soigner des choses qu'il ignorait même avoir. C'était l'heure des comprimés pour la circulation et du Météoxane. L'infirmière portait une Thermos avec de l'eau pour qu'il pût les avaler. Elle retira le couvercle-tasse et allait dévisser le bouchon quand Papi envoya la tasse par terre, entre les plantes.

« Désolé, dit-il, je suis un vieux maladroit. »

L'infirmière poussa un soupir de lassitude et de résignation.

« Ça ne fait rien. Je vais la laver. »

Non loin d'eux, un garçon arrosait le jardin. L'infirmière alla lui demander de l'eau. Papi chercha les médicaments dans sa poche et les envoya de l'autre côté de la haie. Il n'avait pas beaucoup de force, mais ils tombèrent tout de même à l'abri des regards. Au cas où, il se poussa de ce côté-là pour que son corps fasse écran. Quand l'infirmière revint, il lui adressa un sourire candide. Elle chercha dans sa poche les médicaments et fit une moue d'exaspération.

« C'est bizarre. Ils étaient là.

– Qui ça ?

– Le Météoxane et les comprimés.

– Je les ai vus sur la table de la cuisine.

– C'est impossible, je les ai mis dans votre poche.

– Sur la table de la cuisine, je vous dis.

– Mais qu'y faisaient-ils... ?

– C'est là que je les ai vus.

– Sur la table… ?

– De la cuisine, oui. Ils étaient là. »

Elle fouilla de nouveau la poche, ne trouva rien.

« Il faut retourner à la maison.

– Et si je vous attendais ici ? Il fait si beau, aujourd'hui… »

Le ciel était bas et gris, mais l'infirmière ne le remarqua même pas. Elle laissa Papi sur le banc et repartit en direction de la maison. Ce serait plus vite fait de cette manière. Il attendit qu'elle eût disparu, demanda au garçon qui arrosait de l'aider à se relever, le remercia et se dirigea vers la femme de la veille. Il avait peur de ne pas arriver à temps. Il détestait la lenteur que lui imposait son corps. Une quinzaine de minutes plus tard, il arriva au banc où il l'avait vue. Elle était encore là. Il s'approcha et s'assit.

« Bonjour », lui dit-il en souriant.

Elle ne répondit pas, mais l'infirmière, en revanche, montra son visage jusqu'alors caché derrière un roman-photo.

« Vous connaissez Mme Doris ?

– Nous sommes… de vieux amis, n'est-ce pas, Doris ? »

Doris regardait les eucalyptus. Il continua :

« Je te dois une réparation. L'évier. Tu te rappelles ?

– Elle ne parle pas, dit l'infirmière.

– Je vois », répondit Papi, en disant encore à Doris : « Ça te ferait plaisir si je venais un jour te faire une petite visite ? »

Pour la première fois, le regard de Doris se posa sur Papi. Il fut très ému, mais ce regard semblait le traverser. C'étaient deux yeux gris comme le ciel. L'infirmière reprit la parole :

« Elle serait ravie que vous alliez la voir. Maintenant qu'elle part de chez elle, elle va se sentir très seule.

– Comment ça ?

– Vous ne savez pas ? N'êtes-vous pas de vieux amis ? Je croyais que vous étiez venu lui dire au revoir.

– Dire au revoir à Doris ?

– À partir de lundi, elle sera à la maison de retraite Mes Plus Belles Années. »

Papi sentit un frisson lui courir dans le dos. Ce nom lui évoquait le jardin d'enfants ou le cimetière. Ou les deux choses à la fois. Doris regarda le sol et remua la tête comme si elle ne dansait qu'avec son cou. Papi voulut l'embrasser mais il se retint.

Il avait gagné. Ils avaient essayé de les lui arracher, mais il les avait eus. Maintenant, il était réellement fâché. Il avait fait tout ce qu'il avait pu pour contrôler ses pulsions et, de toute évidence, dans cette maison, personne n'avait daigné s'en apercevoir. Tandis qu'il léchait ses parties rescapées, il se dit que l'heure était peut-être venue d'essayer de mener une vie nouvelle, quelque part ailleurs. Il était un grand chat, maintenant. Il voulait connaître le monde.

L'occasion ne tarda pas à se présenter. Quand l'infirmière entra pour chercher les médicaments de Papi, elle lui parut très pressée. Elle laissa la porte ouverte. Le chat se dit que ce pouvait bien être l'aubaine de sa vie. Il arriva sur le seuil en quelques instants et renifla tout autour de lui pour vérifier qu'il n'y avait pas de danger. D'un bond, il fut dehors et, en quatre pas prudents, se trouva devant la porte de l'ascenseur. Il l'avait fait. Il s'était échappé. Pendant quelques minutes, il se sentit très fier de lui. Enfin libre, maître de son territoire, il passa et repassa devant la porte de l'ascenseur. Ils pleureraient son départ, à la maison.

Il fila jusqu'à la sortie, s'immobilisa. Ce n'était pas un terrain plat, mais des milliers de marches qui conduisaient Dieu sait où. Elles se perdaient dans l'obscurité, dans l'inconnu. Vers le haut, c'était pareil. S'échapper voulait dire s'aventurer sur des chemins où il n'avait jamais mis les pattes. Il s'avisa ensuite que, de plus, il ne savait pas comment revenir sur ses pas ; il n'en avait fait que quatre, mais il les avait déjà oubliés. Il eut peur. Il se dit qu'il allait peut-être rester là comme ça, seul, sans nourriture et sans chaleur. Abandonné pour toujours à son sort. Il se mit à pleurer, gémit beaucoup, et très fort. Se lamenta, avec des miaulements désespérés. Il n'arrêta que quand l'infirmière le ramena à la maison.

Ils étaient devant une porte pareille à toutes les autres portes de la résidence, dans l'immeuble de Jasmín. Mais, d'après elle, celle-ci n'était pas comme les autres. Sur le chambranle pendait le numéro 4-B. Un paillasson était recouvert d'un gros tas d'enveloppes : factures diverses et prospectus publicitaires. Aucune lettre de personne.

« Et alors ? demanda Sergio.

– Il y a trèèès longtemps qu'il n'ouvre plus sa porte ni ses lettres, dit Jasmín.

– Il doit être en voyage.

– Il est très gros, si gros qu'il ne sort jamais de chez lui. Il ne passe pas la porte.

– Alors, il doit être à l'intérieur. Vivant.

– Dans ce cas, il ouvrirait la porte. »

Jasmín regardait Sergio comme si c'était la dernière des stupidités de ne pas admettre que le voisin était mort. Sergio proposa de sonner et de voir si quelqu'un viendrait ouvrir. Jasmín accepta avec indulgence. Sergio frappa, et ils coururent tous les deux à l'étage inférieur, où ils guettèrent, pour voir si quelqu'un se manifestait. Quelques instants plus tard, ils entendirent le bruit d'une porte qui s'ouvrait et se refermait rapidement. Quelqu'un prit l'ascenseur. Ils montèrent, mais il était trop tard. L'ascenseur descendait. Ils dévalèrent l'escalier pour rattraper la cabine. Sergio essayait de semer Jasmín. Ils arrivèrent au premier hors d'haleine, juste à temps pour voir la voisine du 4-A descendre la poubelle.

« Tu vois ? fit Jasmín.

– Quoi ?

– Au 4-B, il n'y a personne de vivant.

– Et s'il dort ? Et s'il ne veut pas ouvrir la porte ? »

Jasmín lui jeta un regard chargé de dépit et de mépris.

« Tu sais quoi, Sergio ? Tu es un trouillard.

– Qu'est-ce que c'est ?

– Quelqu'un comme toi. Si tu as peur d'entrer, va chercher quelqu'un d'autre.

– Je ne suis pas un trouillard et je n'ai pas peur ! cria Sergio. Et moi, j'ai vu un mort. J'ai vu ma grand-mère.

– Et comment elle était ?

– Dure. Et elle n'avait pas de dents.

– Elle était comme ça quand elle vivait encore.

– Non, plus dure.

– Et quoi encore ?

– Elle avait les couilles comme ça. »

Il lui montra un bocal fermé qui contenait un liquide

vert où flottaient deux choses semblables à des coques de noix de couleur noire.

« Qu'est-ce que c'est que ça ? demanda-t-elle à son tour.

– Des couilles de chat. Je les ai piquées chez le véto.

– Pouah ! Et il y avait aussi celles de ta grand-mère ?

– Ne sois pas idiote. Celles de ma grand-mère sont dans une clinique pour les gens.

– Ne me traite pas d'idiote ou je t'embrasse. »

Sergio préféra ne pas la traiter d'idiote. Jasmín s'impatienta :

« Tu veux entrer dans la maison du mort, ou quoi ?

– Je ne sais pas.

– Tu veux jouer à la poupée ?

– Non ! Pourquoi on ne jouerait pas aux robots ?

– Je m'en vais. »

Sergio haussa les épaules parce qu'il se moquait bien de la voir partir. C'était mieux comme ça. Jasmín disparut à l'intérieur de l'immeuble, il resta à regarder la fenêtre du 4-B. Elle était fermée, rideaux baissés. Il n'y avait sûrement personne à l'intérieur. Il recula un peu pour mieux voir, mais ne vit rien pour autant. Un souffle de vent souleva la poussière autour de lui. Il eut froid. Il baissa le regard jusqu'au premier étage. Sa sœur était là avec Katy. Elles avaient mis des vêtements de Mari Pili, qu'elles essayaient en se changeant devant le miroir en pied. Elles riaient. Mariana coiffa un chapeau aux bords si larges qu'elles pouvaient tenir toutes les deux dessous. Elle fit signe à Katy de s'approcher pour essayer. Puis elles éclatèrent de rire. Tout à coup, Mariana se tourna du côté de la rue. Elle vit Sergio, s'approcha du rideau et le tira.

« Elle est très jolie, ta sœur », dit une voix derrière lui.

Il se retourna. Cette fois, il le reconnut. C'était M. Braun avec un de ses chiens, un doberman. L'animal semblait calme. Sergio s'approcha pour le caresser. Sa mère lui avait dit de ne jamais parler à des inconnus. Mais Sergio croyait que M. Braun n'existait pas réellement et qu'il n'était pas dangereux.

« Une jeune fille très sympathique », dit-il à Sergio. Il regardait en direction de la fenêtre où Mariana venait de disparaître.

« Moi, je ne l'aime pas.

– Elle te manque de respect ?

– Oui. »

Le doberman se coucha par terre pour que Sergio lui caresse le ventre. Il avait l'air content.

« Il est parfois nécessaire de donner une correction aux jeunes filles quand elles se conduisent mal... pour qu'elles ne recommencent pas.

– Elle ne me laisserait pas faire.

– Il faudrait peut-être faire preuve d'autorité. »

Le doberman aboya. Il devint nerveux.

« Et comment ?

– Il faut avoir des couilles. Tu as des couilles, Sergio ? »

Sergio lui montra le flacon avec le liquide vert. M. Braun sourit.

« Il faut les avoir où je pense. »

Sergio se rappela sa quéquette, son capuchon, ses couilles. Peu à peu, il comprenait à quoi servait l'ensemble.

« Et toi, tu as des couilles pour entrer au 4-B ? » demanda-t-il.

M. Braun sourit encore, et dit :

« Tu veux entrer là-dedans ? »

Sergio opina du chef.

« Je peux t'emmener dans un endroit bien plus intéressant. Tu veux venir ? »

Et il lui tendit une main molle et blanche. Le doberman se leva aussitôt, comme si on lui avait fait signe que la promenade reprenait. Il se mit à tourner autour du gamin.

« C'est loin ?

– Non, c'est à deux pas.

– Et qu'est-ce qu'il y a, là ?

– Si tu ne viens pas, tu ne le sauras jamais. »

Un endroit plus intéressant que le 4-B. Ce serait bien. Sergio regarda de nouveau en direction du quatrième. Il lui sembla que le rideau s'était légèrement écarté. Il lâcha la main de M. Braun pour lui montrer la fenêtre.

« Il y a quelqu'un, là », dit-il.

En baissant le regard, il découvrit celui de Jasmín, qui l'observait, de la fenêtre de sa chambre. Sergio eut honte d'être vu en compagnie de M. Braun. Il se dit que Jasmín le dirait à sa mère. Mais Jasmín se contenta de lui tirer la langue et ferma la fenêtre. Sergio haussa les épaules. Ça lui était égal. Il se retourna pour aller avec son nouvel ami. Mais il n'y avait plus personne près de lui.

Lucy décida de retirer cent soles au distributeur automatique. Elle avait calculé ce qu'il allait lui falloir pour acheter un petit cadeau à Mari Pili et, pendant qu'elle y était, s'offrir aussi un foulard et l'étrenner ce soir, au dîner. C'était toujours bien, chez Mari Pili, de porter quelque chose de nouveau afin d'avoir un sujet de conversation, de longue conversation. Elle appuya sur les touches du clavier, mais il n'y eut pas de réponse. Elle vérifia son code secret et essaya une nouvelle fois sans plus de succès. La machine lui rendit sa carte. Un instant, il lui sembla que le distributeur se moquait d'elle, puis apparut sur l'écran un message disant que l'opération ne pouvait être effectuée pour des problèmes techniques momentanés. Elle ne put s'empêcher de frapper l'écran. C'était le quatrième distributeur qui lui faisait ce coup-là, aujourd'hui. Les banques bloquaient toujours l'argent pour quelques heures quand il y avait d'importantes opérations en cours. Les banques n'avaient pas idée de ce qu'est un dîner chez Mari Pili.

« Pays de merde », dit-elle.

Dans un coin, en haut, elle vit une caméra de vidéo-surveillance. Ce fut plus fort qu'elle, elle tendit son majeur dans sa direction. Elle se sentit hors d'elle, prête à toutes les grossièretés, surtout quand elle constata qu'il n'y avait pas la moindre réaction à son geste. Personne ne venait l'arrêter, aucun signal d'alarme ne se déclenchait. Tout ce qui bougeait, c'était sa propre image sur l'écran, dans l'autre coin. Elle fut étonnée de se voir insulter de façon aussi vulgaire une simple machine, et remarqua l'expression dure de son visage et ses sourcils froncés. Elle essaya de refaire le même geste, mais ne put retrouver la même spontanéité et en fit un autre, qu'elle avait surpris à plusieurs reprises dans le rétroviseur. Ce geste-là, elle ne savait pas très bien ce qu'il voulait dire, mais il était évidemment insultant et requérait l'emploi des deux mains. Il lui sembla beaucoup plus expressif que le premier.

Tout en surveillant l'écran et la porte, pour s'assurer que personne ne voulait entrer, elle s'approcha de la caméra et sourit. Son sourire était très bien, il n'y avait pas à dire. Brusquement, elle se mordit les lèvres et tira la langue, à la fois honteuse et amusée. Elle fit quelques pas de danse inspirés par le cancan, en se servant de son sac comme d'un pan de robe. À ce moment, elle décida de remuer un peu plus les hanches. Puis elle défit le premier bouton de son corsage, s'amusa à gémir avec ardeur, comme si elle se livrait à un *show* érotique. Elle aguicha l'écran, lui montra les dents et la langue, se retourna et balança ses fesses d'un côté à l'autre. Puis elle se tourna vers la caméra, le corsage ouvert et un doigt dans la bouche. Il y avait des années qu'elle ne s'était pas aussi bien amusée toute seule.

Elle rentra chez elle avec un air détendu et dispos. À peine eut-elle ouvert la porte qu'elle vit Sergio, le prit dans ses bras et lui donna deux baisers en lui disant qu'il lui avait manqué. Elle était heureuse d'être sa mère, heureuse d'exister. Sergio accepta ses caresses et la suivit dans sa chambre. Lucy allait prendre une douche. Elle n'avait plus aucune pudeur. Elle se déshabilla et chercha une robe pour le dîner sous le regard attentif de Sergio et du chat qui s'étaient arrêtés de jouer à la balle pour l'observer. Comme elle avait laissé la porte de la salle de bains ouverte, Papi entra aussi pendant qu'elle chantait sous la douche, et tous trois satisfirent leur curiosité. Elle se sentait libre. Il lui sembla que l'odeur de moisi s'était dissipée. Peut-être venait-elle d'elle, qui était restée trop longtemps enfermée dans le placard.

Le matin, il était passé faire un tour au bureau pour vérifier un compte et, pendant ces quelques instants, il avait trouvé Gloria qui travaillait. Elle semblait plus jolie dans ses vêtements de ville, sans son habituel uniforme bleu et gris à carreaux. Quand elle le vit, elle essaya de s'enfuir.

« Bonjour, monsieur Ramos, dit-elle en cherchant une issue du coin de l'œil.

– Bonjour, Gloria. Vous avez une minute ? demanda-t-il avec l'intention d'éclaircir les choses, d'éviter les malentendus.

– En fait, j'étais sur le point de partir. C'est samedi et… »

Elle se plia presque en deux pour chercher un passage par où s'éclipser.

« C'est que… Je crois qu'il faut que nous parlions… »

Brusquement, il lui barra l'accès au couloir. Elle recula, inquiète, pâle.

« N'ayez pas peur de moi, je vous en prie. Il est arrivé ce qui est arrivé parce que je vous apprécie… beaucoup. »

Elle parut encore plus effrayée en entendant ces mots.

« Il faut vraiment que je m'en aille… monsieur Ramos. »

Alfredo eut alors envie de la prendre par le bras et de la secouer. Mais il se tint tranquille. Il la regarda, sans un mot, se précipiter vers la porte en remuant son cul difforme, vérifia ses calculs, but une demi-bouteille de whisky, décida de parler à Lucy et d'arrêter de débloquer. Ce qu'il lui fallait, c'était pleurer tout son saoul, et il ne pouvait le faire devant personne d'autre.

L'après-midi, il rentra chez lui. Il avait déjeuné de whisky, de cigarettes et de bonbons à la menthe. Il s'était lavé trois fois le visage et avait laissé son manteau au bureau, parce qu'il sentait trop fort le tabac. Il était prêt à parler. On aurait dit qu'il n'y avait personne à la maison. Il entendit Lucy chanter sous la douche. Dans la salle de bains, il trouva Papi, Sergio et le chat assis par terre, le nez levé.

« Eh bien, que se passe-t-il, ici ? On se croit au cinéma ou quoi ?

– Je suis venu parce qu'il faut que je vous parle, dit Papi.

– Oui, Papi. Mais ça peut attendre qu'on ait quitté la salle de bains, d'accord ?

– C'est important.

– Sergio, sors d'ici et emmène ton grand-père. Et le chat. »

L'incident fit rire Lucy. Elle ne s'était même pas rendu compte que Papi était là, lui aussi. Elle sortit de la cabine, alla s'asseoir devant la coiffeuse, dans la chambre, et commença à se maquiller. Alfredo l'avait suivie et se tenait derrière elle. Elle se dessina les lèvres au crayon rose Rosebud et se mit un rouge Cabiria de couleur miel. Elle se poudra les joues avec un rose brillant tandis qu'Alfredo cherchait ses mots. Puis elle se tourna vers lui comme si elle venait de se rappeler sa présence.

« Ça va ?

– Très bien. »

Elle le regardait. Il avait envie d'un whisky.

« Tu me passes le crayon noir qui est dans mon sac ? »

Elle refit face au miroir et continua de se maquiller. Alfredo alla chercher le sac qui était resté dans la salle de bains ; quand il voulut s'en saisir, il lui échappa et tout son contenu se déversa sur le sol. De la chambre, Lucy lança :

« Peux-tu faire quelque chose sans démolir la maison ?

– Excuse-moi. »

Il se mit à ramasser les objets tombés du sac, surpris par tout ce qu'il pouvait contenir : rouge à lèvres, mouchoirs en papier et tampons hygiéniques, crayons, miroir, agenda, coupures de magazines, savons, cônes de papier pour uriner debout... Il n'en avait jamais vu autant de sa vie et ne possédait rien, comparativement. Ce devait être dur de mourir, quand on était une femme, en laissant tellement de choses derrière soi. Enfin, entre les pendants d'oreilles et les bracelets, il trouva un billet déplié. Il se demanda s'il pouvait le lire et s'en donna l'autorisation. Il n'était pas un mari pour rien. Il lut :

Tes seins. Je ne puis me les ôter de la tête.
Que vas-tu encore me montrer ?
Sushi Bar. Dimanche 12 h 30.

Alfredo fut pris de vertige. Il tâcha de se remémorer s'il avait pu un jour, dans un passé lointain, écrire ce mot à Lucy, ou à une autre femme. Mais sa mémoire ne lui présenta que des pages blanches. Sans bruit, il remit les objets dans le sac et regagna la chambre.

« Cherche-le toi-même. »

Il s'assit sur le lit et alluma une cigarette. Lucy n'en revint pas.

« Tu as recommencé à fumer ?

– On dirait bien.

– Fais-le au moins là où les enfants ne peuvent pas te voir. Tu ne vas pas te changer pour dîner ? »

Elle paraissait si sereine. Si innocente. Alfredo ne savait que faire. Il était furieux. Il prit une douche et s'habilla pour aller chez les Parodi. Il supposa que Lucy lui rirait au nez s'il lui demandait des explications. Elle en aurait sans doute une très simple, et toute bête. Sans doute.

Ce soir-là, quand Mari Pili les accueillit, elle se déclara fascinée par le maquillage de Lucy, et Juan Luis leur offrit du whisky. Mariana était là. Alfredo eut l'impression qu'il ne l'avait plus vue depuis longtemps. Elle dit qu'elle allait en boîte avec Katy. Lucy essaya de leur imposer une heure de retour, Mari Pili se moqua d'elle en la traitant de conservatrice et dit qu'elles pouvaient rester dehors jusqu'à deux heures, mais pas une minute de plus. Lucy eut l'impression que Mariana avait grandi de plusieurs centimètres en moins d'un jour.

Quand les jeunes filles furent parties, Mari Pili alla mettre Jasmín au lit, et Juan Luis se mit à parler sans plus pouvoir s'arrêter de voitures, de cartes de crédit et d'investissements. Son discours tournait cahin-caha dans la tête d'Alfredo, qui se bornait à opiner du chef et à lever son verre chaque fois qu'il en voyait le fond. Il savait que Juan Luis l'avait toujours considéré comme un perdant et un rabat-joie. Ce qu'il pensait ne l'intéressait pas.

Ils mangèrent quelque chose qui avait un nom français. Mari Pili était fière d'être la seule à pouvoir dire ce qu'elle leur avait servi. Elle avait beaucoup changé. Trois ans auparavant, Alfredo avait été quelque temps son amant, jusqu'au jour où elle s'était fait augmenter les seins par endoscopie. Avant l'opération, elle avait exposé pendant deux mois à Alfredo chaque fois qu'ils faisaient l'amour tout ce qu'elle pensait obtenir de son corps. On lui introduirait par le nombril un tube creux avec des prothèses gonflables et on les remplirait ensuite de sérum physiologique. Après l'intervention, elle avait refusé de se mettre nue devant lui, en disant qu'elle avait des bandages et que ses nichons – comme elle les avait appelés – étaient gonflés. Au bout d'une semaine, elle avait annoncé qu'elle devait passer deux mois sans faire de mouvements brusques. Quand Alfredo était revenu la voir un mois plus tard, elle lui avait confié qu'elle se sentait à présent beaucoup plus sûre d'elle et qu'elle avait l'intention de sauver son mariage. Ils n'étaient jamais revenus sur le sujet. Ce soir-là, après le dîner, Alfredo l'aida à apporter la vaisselle à la cuisine. Lucy s'était levée pour le faire, mais il avait été plus prompt. Juan Luis continua de parler à Lucy de fonds mutuels pendant qu'Alfredo mettait les assiettes dans le lave-vaisselle en demandant à Mari Pili :

« Est-ce que tout va bien ?

– Tout va comme d'habitude.

– Dis...

– Quoi ?

– ...

– Mais quoi ?

– Rien.

– Je ne coucherai pas avec toi. N'y pense plus.

– Ce n'est pas ça.

– Alors, je me demande ce que c'est.

– …

– Parle, je ne vais pas te mordre. Ce n'est pas mon genre.

– Suis-je un bon amant ?

– Comment ? »

Elle laissa enfin en plan ce qu'elle était en train de faire pour le regarder. Et elle rit.

« Je ne m'en souviens pas, dit-elle.

– Je crois que Lucy me trompe.

– Lucy ? Il était temps.

– Je parle sérieusement.

– Ne me fais pas rire. Tu veux entendre quelque chose de sérieux ? Je vais divorcer.

– Ah.

– J'en ai assez de cet imbécile. Je suis parfaite. M'entretenir lui coûte une fortune, mais il ne s'en rend même pas compte. Il préfère le football.

– C'est normal… Avec le temps…

– Ça te paraît normal ? Regarde ce cul. »

Elle posa les assiettes et leva sa jupe en exhibant un cul ferme et doux sous une culotte presque transparente.

« Ce cul, sache-le, vaut trois mille dollars. Il a l'air du cul flasque de la première femme au foyer venue ? Eh bien, Juan Luis ne se rend compte de rien, pas même des débits de la carte de crédit. Regarde ça. Touche-le.

– Mari Pili, je ne sais pas si…

– Touche-moi ce cul ! Au moins, quelqu'un le fera. Et dis-moi ce que tu en penses. »

Alfredo lui toucha le cul tout en regardant son visage tiré et ferme, qui ne paraissait pas plus jeune qu'avant, mais il était plus lisse et brillant.

« C'est… C'est très bien.

– Évidemment que c'est bien ! C'est une liposuccion ultrasonique. Le dernier cri. Ils ont réduit les cellules de graisse au moyen d'ultrasons avec des microcanules de…

– Je te trouve vraiment belle. »

Elle se tut. Puis elle rit, mais cette fois d'un rire tendre. Elle se tourna pour le regarder. Il reconnut l'éclat de ses yeux.

« Vraiment ? » demanda-t-elle.

Mais les paroles suivantes vinrent de Lucy, debout dans l'encadrement de la porte de la cuisine.

« Que faites-vous ? Vous avez besoin d'aide ? »

Alfredo baissa la main et Mari Pili lissa sa robe.

La boîte se trouvait dans un ancien cinéma de l'avenue Pardo. Les gens faisaient la queue pendant des heures pour entrer, mais elles rencontrèrent cet imbécile de Javier devant la porte et, avec lui, elles entrèrent immédiatement. Il était venu avec sa voiture, l'imbécile d'Eduardo et l'idiote de Carol. Mais peu importait, comme ça, elles n'avaient pas à faire la queue. Au premier étage, on entendait toutes sortes de musiques, et il y avait beaucoup de monde. Au second ne retentissait que de la techno, il y avait moins de monde et on ne servait que de l'eau au bar. Javier avait quelques comprimés. Mariana se sentait sûre d'elle. Forte. Elle aimait voir comment les hommes regardaient Katy. Elle avala deux comprimés et plusieurs verres d'eau. Au milieu de tous ces gens qui dansaient, pendant une heure elle s'ennuya, essaya de parler à Katy, mais la musique était trop forte. L'endroit lui parut détestable jusqu'au moment où les cachets firent leur effet. Alors, elle eut envie de danser. Elle qui ne dansait jamais en avait maintenant envie. Et elle pouvait danser avec Katy, parce que tout le monde dansait seul. Elle commença à bouger. Katy la suivit. Pour la première fois, Mariana comprenait ce que danser veut dire. Quand les garçons s'approchaient, toutes les deux leur criaient : « Laissez tomber, on est ensemble », et tout le monde riait. Plus le temps passait, plus Mariana s'amusait, plus elle avait envie de danser ; même avec des garçons, peu importait. Deux types qu'elle ne connaissait même pas s'approchèrent d'elle. Ils essayèrent de lui parler. Ils lui racontèrent des bêtises et lui offrirent de la dope. Un des deux lui dit que baiser avec cette dope, c'était super. Elle lui répondit qu'elle n'avait pas besoin de dope pour ça. Elle se sentait belle ; toutefois, elle regrettait l'après-midi qu'elle avait passé à bavarder avec Katy en regardant des films idiots. Elle essaya de la retrouver et la chercha tout en continuant de danser autour de la piste. Les gens transpiraient beaucoup et n'arrêtaient pas de sauter. On aurait dit que l'air manquait. Mariana eut la nausée et se sentit triste, très triste. Elle alla aux toilettes. Katy était devant la porte. Javier aussi. Ils s'embrassaient. Il avait la main posée sur le cul de Katy. Mariana passa le reste de la soirée à pleurer dans les toilettes. Elle vomit. Katy ne s'en rendit même pas compte. En revenant à la résidence, quand elles descendirent de la voiture de Javier, Mariana lança à Katy :

« Tu disais que c'était un crétin.

– C'est un crétin, mais il tripote bien.

– Quoi ?

– Pour me le payer, peu importe son intelligence. »

Cette expression, « me le payer », fit mal à Mariana.

« Quelle pute tu es, dit-elle.

– Tu es jalouse parce que tu ne t'es payé personne.

– Katy !

– Qu'est-ce qu'il y a ? Il se présentera bien quelqu'un à qui tu plairas, non ?

– Tais-toi !

– Quand tes seins auront un peu grossi, peut-être…

– Pourquoi… ?

– Laisse tomber, ne t'inquiète pas. Si tu proposes à un type de baiser, peu importe à quoi tu ressembles. Il ne dira pas non. »

Mariana avait de nombreuses questions à poser. Et elle avait encore envie de pleurer. Mais, à ce moment-là, elles entrèrent à la maison. Leurs parents étaient encore au salon, en train de parler de fonds de placement.

Le fantôme suivant était aussi quelqu'un qu'il connaissait et, pour la première fois, il ne fut pas le seul à le voir. Il était avec Papi et le chat. Ils ne s'étaient pas séparés après avoir été chassés de la salle de bains. Papi était assis dans son fauteuil habituel, Sergio par terre avec ses robots et le chat bondissait quand ça lui chantait pour mordre les jouets. À la télévision passait l'émission porno de la nuit, mais aucun des trois n'y faisait particulièrement attention. Papi parlait seul de temps en temps, Sergio jouait à la famille cyborg : Robotruck était la sœur aînée et lui rendait la vie impossible ; alors, Minirob la réduisait en pièces, lui fracassait la tête et le ventre. Minirob était petit, mais il avait des couilles.

Quelqu'un l'appelait dans la cuisine. Sergio était sûr qu'il n'y avait personne, là-bas. Il entendit de nouveau son prénom. Il eut froid. N'empêche, il fallait y aller. Il demanda à Papi de l'accompagner, mais Papi était trop concentré, sur rien de particulier. Sergio se leva, prit dans ses bras le chat qui s'y refusait, et s'approcha de la cuisine. Le chat se crispa et lui planta ses griffes dans la poitrine. Sur le seuil, il sauta à terre. Sergio essaya de l'attraper, mais tomba en se penchant. Quand il leva la tête, il vit des pantoufles qui n'étaient pas celles de Papi, puis de vieux bas qui sentaient la naphtaline et, plus haut, un vieux peignoir. Sergio reconnut aussitôt Mamie.

« Salut. Tu n'es pas dure, maintenant », dit-il.

Mamie ne répondit pas. Quelques tubes de l'hôpital lui sortaient encore du nez. Elle tendit la main et s'approcha de Sergio, qui recula. Mamie était un fantôme connu, mais elle lui faisait peur, silencieuse comme elle l'était. Ils passèrent au salon. Le chat courut dans la chambre des enfants. Sergio dit :

« Papi, Mamie est venue nous voir. »

Mamie continuait d'avancer, le doigt pointé sur Sergio. Il eut peur et alla se cacher derrière le fauteuil de Papi. Ce fut à peine si ce dernier leva la tête. Dès qu'il vit Mamie, il lui dit :

« Alors, te voilà. Où étais-tu passée ? »

Mamie ne broncha pas. Elle paraissait effrayée. On voyait bien que c'était un apprenti fantôme. Une débutante.

« Je ne sais plus quoi faire, poursuivit grand-père. Maintenant que tu n'es plus là tout le temps, je me sens encore plus inutile. »

Mamie secoua les tubes de son nez. Elle paraissait surprise par la déclaration de Papi.

« Il y a une femme dans le parc... Bon, je veux dire : elle était dans le parc... Elle va aller à l'asile. Je sais ce que tu vas dire... mais au point où j'en suis... Je me demande ce qu'il faudrait que je fasse. Pourquoi es-tu partie ? Avant, tout était clair. Au moins, nous étions deux. »

Mamie s'assit à côté de Papi, sur l'accoudoir du fauteuil.

« Non, tu es impardonnable. Tu es une vieille égoïste et une traîtresse. Ne me touche pas ! Dans cette maison, on confond même mes vêtements avec ceux d'Alfredo. Dans cette maison, je ne suis pas le maître après Dieu ! Sans toi, je ne suis l'homme de personne. Ne dis rien ! Tu n'as rien dit jusqu'à présent, alors, c'est à moi de parler. Tu t'es très mal conduite à mon égard. Très mal. Et tu n'es même pas là, maintenant, pour m'indiquer ce que je dois faire sans toi. De plus, tu es grosse. »

Mamie lui caressa le front, et Sergio se demanda si Papi la voyait vraiment ou si ce n'était là qu'un de ses radotages de vieillard. Sur l'écran, deux femmes commencèrent à se déshabiller mutuellement.

« Non, non, ne me fais aucun reproche, en ce qui concerne Doris. C'est ta faute. Parce que tu n'étais pas là. Ne lui fais aucun reproche. Elle ne peut même plus parler. Ce n'est pas comme toi, qui vas et viens dans la maison en ronchonnant à longueur de journée. Tu n'es jamais contente. Il faut toujours supporter tes jérémiades à tout propos. Maintenant, c'est moi qui me plains. Il ne manquait que ça. »

Mamie approcha sa bouche pleine de tubes des cheveux gris de Papi et elle l'embrassa sur sa calvitie. Il ne s'arrêta pas pour autant.

« Désormais, je prendrai mes décisions tout seul. Et si je vais avec Doris, eh bien, j'y vais parce que j'en ai envie et parce que tu n'es pas là. Et je ne veux entendre ni une plainte ni une protestation ! Tu as eu ta chance et tu m'as laissé tomber. Maintenant, tu me pardonneras, mais c'est tant pis pour toi. Je t'aime beaucoup, mais ça ne peut plus continuer comme ça. Tu ne m'as pas emmené avec toi, alors, laisse-moi tranquille. »

Elle se leva et alla vers la porte de la cuisine. Sur le seuil, elle se retourna et adressa un salut de la main à Papi. Il resta là à marmotter encore un peu. Maintenant, Sergio était sûr qu'à aucun moment il n'avait vu Mamie. Quelques minutes plus tard, son père et sa mère entrèrent, avec Mariana.

« On peut savoir ce que vous faites, debout, à cette heure ?

– Et pourquoi avez-vous mis cette chaîne ? »

Lucy éteignit le téléviseur. C'est seulement à cet instant-là que Papi parut remarquer leur présence. Il sortit un dépliant publicitaire qu'il avait mis dans la poche de sa robe de chambre.

« Je t'attendais, dit-il à Lucy. Tiens, prends ça. »

Lucy regarda le prospectus. C'étaient des photographies où l'on voyait des gens âgés en train de se divertir, de manger, de faire de l'exercice.

« Je veux aller en maison de retraite, celle qui s'appelle Mes Plus Belles Années. Les tarifs figurent à la dernière page. Ce n'est pas cher.

– En maison de retraite ? demanda Lucy, interloquée.

– Tout le monde est donc sourd, ici ? » cria Papi, et il ralluma la télévision, toujours à la chaîne porno.

Il avait l'air plus jeune, depuis sa discussion avec Mamie.

Là il était bien, au chaud. Il aimait le tapis de bain. C'était un refuge, dans la folie de cette maison. Il le griffa un peu pour l'attendrir et se coucha dessus en s'étirant sur la peluche bleue. Il ne bougea même pas quand Mariana entra. Ni quand elle se mit à fourrager la trousse de toilette de son père jusqu'à ce qu'elle eût trouvé le rasoir. Il se contenta de l'observer attentivement. Il avait appris qu'il ne faut pas lâcher des yeux quelqu'un qui tient un rasoir. Mais il ne s'inquiéta nullement, et les cris qui venaient de la pièce voisine ne lui firent pas peur.

« Parle ! Tu lui as aussi tripoté les seins ?

– Je ne comprends pas pourquoi tu te mets dans un état pareil.

– Tu ne comprends pas ? Ce que je ne comprends pas, moi, c'est ce que tu faisais avec les mains sur les fesses de mon amie…

– Tu sais comment est Mari Pili…

– Apparemment, tu le sais mieux que moi. »

Mariana ouvrit le robinet et laissa couler l'eau chaude. La vapeur embua rapidement les miroirs. Elle sortit la lame du rasoir. Les yeux fermés, la main tremblante, elle l'approcha de son poignet. Au moment où elle allait effleurer son bras, elle la jeta dans le lavabo.

« Je ne te permets pas de…

– Parle moins fort, si tu ne veux pas que les enfants apprennent que tu as peloté Mari Pili. Car c'est bien ce que tu faisais, non ?

– C'est vraiment impossible de discuter avec toi. »

Mariana respira profondément, et essaya encore. Cette fois, elle garda les yeux ouverts, pour ne pas se rater. Elle sentait le contact de la lame contre la peau de son poignet quand elle entendit frapper à la porte. La voix de son père retentit :

« Mari, ma chérie, tu comptes passer toute la nuit là-dedans ?

– Merde », fit Mariana entre ses dents.

Elle rangea tout tant bien que mal et sortit de la salle de bains. Elle avait un air bizarre, tout le monde, à la maison, avait un air bizarre. Mais le chat était serein. Ce tapis était à lui. Et personne ne le lui prendrait.

Cette nuit-là, Sergio passa deux heures à essayer de dormir pendant que Mariana, sa lampe de chevet allumée, feuilletait un carnet. Il lui demanda d'éteindre. Elle refusa et le menaça de le frapper s'il la dénonçait à leurs parents. Sergio dit :

« Ce soir, Mamie est venue.

– Tais-toi, imbécile, répondit Mariana.

– Raconte-moi une histoire. »

Mariana le foudroya du regard. Sergio se tourna de l'autre côté et ferma les yeux. Quand Mariana finit par éteindre, il l'entendit s'agiter dans son sommeil. De temps en temps, il disait en rêve :

« Sale crétine. »

Le lendemain matin, il alla chercher Jasmín. Il essaya d'abord de trouver quelqu'un d'autre à aller voir, mais il découvrit avec peine qu'exception faite de sa collection d'insectes et de peaux de serpent, Jasmín était encore ce qu'il avait de plus distrayant dans son entourage. Ce matin-là, la brume était plus épaisse que jamais. C'était à peine si l'on voyait la fenêtre du deuxième. Il appuya sur le bouton de l'interphone. Ce fut Jasmín qui répondit.

« C'est Sergio.

– Je ne te connais pas.

– Allez, Jasmín, ne fais pas chier.

– Si, si, je fais chier, c'est comme ça, je fais chier.

– Sale crétine. »

Sergio se retourna pour s'en aller. Il fit deux pas, puis découvrit comment la convaincre. Il retourna à l'interphone et appuya longuement sur le timbre.

« Arrête de sonner, entendit-il. Je suis là.

– Allons voir ton mort. »

Jasmín le laissa monter. Elle était en train de prendre son petit déjeuner avec Katy qui, elle, s'était déjà douchée et paraissait impatiente. Peu après, on sonna de nouveau. Katy dit à Jasmín :

« Réponds.

– Encore ? Ce n'est pas pour moi.

– Réponds, merde !

– Qu'est-ce que tu me donnes, en échange ? »

Katy prit un air résigné.

« Je te laisse regarder la télé le soir. »

Jasmín répondit, avec Katy collée au combiné.

« Qui est là ?… Elle n'est pas ici. »

Katy fit mine de l'étrangler. Jasmín revint sur ce qu'elle avait dit.

« Ah non, finalement, elle est ici. Monte. »

Katy courut à sa chambre pour faire croire qu'elle n'était pas prête, pendant que Jasmín allait ouvrir la porte à Javier. Il s'assit pour attendre Katy à la table où elles avaient pris leur petit déjeuner. Jasmín demanda :

« Tu es le fiancé de Katy ?

– Non, nous avons une relation libre. »

Jasmín n'ajouta pas un mot. Sergio ne dit rien non plus, parce qu'il n'avait rien compris. Finalement, Katy se montra et ils partirent. Jasmín dit :

« Allons les regarder par la fenêtre. Ils vont s'embrasser. »

Ils coururent à la fenêtre. Katy et Javier sortirent et se dirigèrent vers le parking. Ils ne s'embrassèrent pas. Sergio vit Mariana cachée entre les arbustes, devant l'immeuble. Il ferma les rideaux.

Lucy sortit à 12h25, après s'être maquillée avec soin mais légèrement. Elle ne voulait pas avoir l'air trop effrontée un dimanche matin. Sous la porte de sa chambre, elle avait trouvé un autre dépliant de la maison de retraite Mes Plus Belles Années, et elle se disait qu'elle devait avoir fait quelque chose de mal pour que Papi veuille partir. Mais elle n'avait pas le temps de se sentir coupable.

Le Sushi Bar était élégant et, à midi, en attendant l'heure du déjeuner, il était presque vide. Lucy commanda un Coca-Cola. Il était étrange que quelqu'un vînt un dimanche seulement pour prendre une boisson gazeuse, mais on l'accueillit pourtant avec délicatesse. Les cuisiniers, qui faisaient leur travail devant la clientèle, poussèrent même leurs cris habituels en japonais pour annoncer la commande. Ce que Lucy trouva amusant. Néanmoins, elle était inquiète. Elle se demandait comment on avait pu la voir se dénuder la poitrine dans les toilettes de la clinique. Et elle se demandait aussi si l'auteur du billet pouvait être un Japonais. Ils disposaient toujours de technologies étranges pour tout usage. Pendant qu'elle buvait sa boisson gazeuse, un couple entra, qui commanda des sashimis. Et ce fut tout. Elle se demanda si son admirateur secret n'aurait pas oublié leur rendez-vous. Puis elle sentit le regard, qui la frappa comme un coup de fouet et la combla de chaleur. Une fois de plus, elle ne savait pas d'où il provenait. Mais il lui donnait un immense plaisir. Elle laissa la moitié du Coca-Cola sur la table et se dirigea vers les toilettes. En entrant, elle poussa le verrou et se dirigea vers l'unique cuvette. Il n'y avait pas de porte de séparation, ce qui était encore mieux parce qu'elle pouvait se voir, d'où elle était, dans le miroir. Elle ôta soigneusement sa jupe, la plia pour ne pas la froisser et la pendit au porte-serviettes. Puis elle enleva la culotte rouge qu'Alfredo n'avait jamais remarquée. Ensuite, elle examina son sexe dans le miroir, et comme elle ne s'était pas rasé l'aine, il semblait couvert d'une forêt sombre et frisée. Elle glissa la main entre ses jambes, de haut en bas, s'installa plus confortablement pour se voir dans le miroir avec les yeux entrouverts. Du bout des doigts, elle chercha les bords de la vulve cachée sous les poils, frissonna, se mordit les lèvres. Elle aurait aimé avoir une langue très longue qui serait arrivée jusque-là, en bas. À cette idée, elle sourit, poussa sa main gauche dans son entrecuisse, puis la raie des fesses, et introduisit un doigt. Un frisson la parcourut.

Dix minutes plus tard, elle sortit des toilettes, paya sa consommation et rentra chez elle. Curieusement, en sortant du bar, elle sentit de nouveau le regard posé sur elle. Mais elle ne se retourna point. Il lui avait déjà donné ce qu'elle voulait.

Jusqu'à ce matin de brume, il n'avait jamais surveillé sa femme et ne savait comment s'y prendre. Il sortit dans la tenue de sport que Lucy lui avait offerte trois ans auparavant et qu'il n'avait jamais mise. Elle était un peu étroite, mais elle suffit à faire croire à la famille qu'il sortait courir. En fait, Lucy s'en moqua, Sergio ne fit même pas attention à lui, Mariana ne lui dit même pas bonjour et Papi se contenta de grogner qu'il voulait aller en maison de retraite. Mais ils avaient l'air d'y croire.

Il attendit derrière le supermarché que Lucy sorte, et il la suivit. Puis il se dit qu'il savait déjà où elle se rendait et qu'il aurait mieux fait d'aller se poster directement près du Sushi Bar. Lucy se retourna deux fois et il dut se cacher dans la cabine d'un téléphone public et dans celle d'un distributeur automatique, où il entra pendant que la porte se refermait. Le client qui était à l'intérieur eut peur. Alfredo dut ressortir avant que l'homme eût appelé au secours.

Quand Lucy arriva à destination, Alfredo se cacha derrière une haie proche, d'où il constata avec dépit que le Sushi Bar avait une devanture en verre réfléchissant ; de dehors, on ne pouvait rien voir de ce qui se passait à l'intérieur. Il se demanda s'il paraîtrait très suspect d'entrer prendre un verre d'eau. Mais ça n'avait aucun sens. Lucy le verrait. Bien sûr, il verrait lui aussi avec qui elle était. Ce serait déjà ça. Il envisageait de passer à l'acte quand un policier l'aborda.

« Bonjour. Vos papiers, s'il vous plaît.

– Je ne les ai pas, monsieur l'agent. Je... suis sorti courir.

– Je vous ai vu entrer de force dans la cabine d'un distributeur, avancer en vous cachant, empiéter sur la propriété privée de cet immeuble, mais courir, ce qui s'appelle courir, je ne vous ai pas vu le faire. Alors ? »

Alors, Alfredo comprit qu'il n'avait aucune chance de jamais gagner sa vie comme agent secret. Il mourrait de faim.

« Ah ah ah ! fit-il avec un certain désespoir. C'est que... Ce n'est qu'une blague.

– Une blague.

– Je suis ma femme pour la surprendre.

– La surprendre ?

– Oui... Je veux lui faire une surprise.

– Quelle surprise ?

– Eh bien, moi...

– …

– Je veux dire, me montrer brusquement et lui crier : Surprise ! Il y a longtemps que nous ne nous sommes pas vus et…

– Et après tout ce temps, vous êtes rentré chez vous habillé comme ça et sans valise.

– Où est le mal ? J'ai une tête qui ne vous revient pas ou…

– Je vous ai demandé vos papiers. »

Alfredo décida d'adopter une autre stratégie.

« Écoutez… N'y aurait-il pas moyen de… d'arranger ça ?

– Que voulez-vous dire ?

– Je ne sais pas… une porte de sortie… »

Le policier reçut le message. Il était perspicace.

« Tout dépend de vos arguments, monsieur. »

Alfredo se mit à chercher quelques arguments dans ses poches, mais il avait tout laissé chez lui, dans son portefeuille, où il les rangeait habituellement.

« Je n'ai pas un sou sur moi, monsieur l'agent.

– Vous aurais-je demandé de l'argent ? Que voulez-vous dire ? Je ne vous ai demandé que vos papiers. Mais je peux maintenant vous accuser de tentative de corruption.

– Non, ne faites pas ça.

– Où est votre femme ?

– Au Sushi Bar. »

Le policier semblait en avoir assez d'Alfredo.

« Je vais vous dire ce que nous allons faire. Allez-y et faites-lui votre surprise. Si c'est vraiment votre femme et si surprise il y a, je laisse tomber. Sinon, vous m'accompagnez au commissariat pour un contrôle d'identité. »

Alfredo se dit : « Merde », mais il dit seulement :

« Non, je ne peux pas, monsieur l'agent.

– Je m'en doutais. Allons, parlons franc : vous préparez un vol.

– Non.

– Ces tennis, cette façon d'avancer en vous cachant, tout vous trahit.

– Je vous en prie, monsieur l'agent…

– Il est vrai que vous n'avez pas l'air d'un voleur. Vous devez être un débutant. Vous avez perdu votre travail ? Vous êtes sans un ? Ce sont des choses qui arrivent.

– Ma femme… est avec un autre.

– Comment ?

– Elle est avec un autre homme.

– Avec qui ?

– Je ne sais pas. C'est pour ça que je la suis. Pour voir de qui il s'agit. »

Le policier manifesta pour la première fois un certain intérêt. Il se tourna en direction du bar.

« C'est moche, pas vrai ?

– Très moche, oui.

– Voulez-vous que je l'attende avec vous ?

– Non, merci. Ça va comme ça, je vous assure.

– Vraiment ?

– Vraiment.

– Et qui me garantit que vous me dites la vérité ? »

À ce moment-là, Lucy apparut à la porte du Sushi Bar. Personne ne sortit avec elle. Elle se dirigea vers la maison tandis que le policier continuait à poser ses questions.

Elle fut occupée toute la nuit par le journal de Katy. Il était plein de remarques sur les élèves de la classe. Certains garçons y avaient ajouté leur mot : « Il n'y en a pas deux comme toi. Reste comme tu es » ou « *You are my sunshine* ». On y trouvait aussi des dessins de soleils, d'étoiles et d'arcs-en-ciel au marqueur de couleur, rose et jaune. Mariana trouvait maintenant répugnant ce qui avant lui avait paru tendre. Elle voulut déchirer le journal, mais elle se retint. Elle avait un plan.

Elle chercha dans sa trousse un stylo identique à l'un de ceux qu'avait utilisés Katy, qui s'était servie de couleurs différentes à chaque page, puis elle s'exerça sur ses propres cahiers, pendant des heures, jusqu'à obtenir une imitation parfaite de l'écriture de Katy, ce qui était facile, parce que celle-ci avait une écriture ronde et haute, à la hauteur de sa prétention. Puis elle écrivit sur tout le journal des phrases telles que : « Aujourd'hui Mariana et moi avons passé une journée de rêve, que je n'oublierai jamais. *I love you so much !* » ou : « Je me demande si elle m'aime comme je l'aime. J'aimerais tant la caresser et l'embrasser partout », qu'elle orna de cœurs, de fleurs et de baisers. Le lendemain matin, elle l'apporta chez Katy. Elle attendit que celle-ci fût sortie avec Javier, laissa passer un moment et alla sonner à la porte. Mari Pili vint lui ouvrir. Elle avait les yeux cernés et gonflés. Comme si on venait de lui opérer le visage. Ou comme si elle avait pleuré.

« Tu cherches ton frère ? Il est en haut, sur la terrasse.

– Non. Je viens rendre son cahier à Katy. Elle est là ?

– Non. Tu peux me le donner. »

Mariana le cacha derrière son dos et fit un sourire timide.

« Je ne sais pas si je peux… Il y a… beaucoup de choses… personnelles.

– Qu'elle ne pourrait pas dire à sa mère ? Donne. Je ne le lirai pas.

– C'est promis ? Elle serait très fâchée contre moi. Tu comprends ?

– Bien sûr.

– Merci. Ciao. »

Mariana lui donna le cahier et descendit les marches quatre à quatre. Mari Pili ferma la porte. Juan Luis n'était pas là lui non plus. Pour une fois, elle était seule. Elle regarda ses paupières dans le reflet du verre de la table. Horrible. Puis elle chercha l'appui du dossier de la chaise et ouvrit le journal de Katy.

C'était jour de visite. Des jeunes de quarante et cinquante ans défilaient dans le long salon plein de sièges où l'on exposait leurs parents et leurs grands-parents comme dans une vitrine. Certains des visiteurs avaient amené leurs enfants. L'ambiance était agréable et détendue. Dans un coin, il y avait un téléviseur. Dans un autre, une infirmière.

Papi sourit, satisfait, et posa sa valise par terre. Il n'avait pas dû déployer de grands efforts pour la remplir. Tandis qu'il la faisait, il avait été surpris du peu de choses qu'il possédait en ce monde. Deux caleçons, une brosse à dents, sa robe de chambre. Un jour, jadis, il s'était dit qu'il allait sans doute, au fil des ans, accumuler de nombreux objets. Il se demanda ce qu'étaient devenus tous ceux qu'il avait vus défiler au cours de sa vie. Le contenu de cette valise était tout ce qu'il avait encore en sa possession.

Doris était assise dans un angle de la salle. Elle n'avait

pas de visite, mais elle ne semblait pas s'en rendre compte. Son regard était encore perdu dans le vide et sa main agitée par son tic. Papi s'approcha d'elle, s'assit à son côté, lui sourit et chercha dans sa valise quelque chose à lui offrir. Il avait pensé lui acheter des roses, mais il y avait longtemps qu'il n'avait plus d'argent, qu'aucun billet ne passait plus entre ses mains. Il ne savait même pas combien pouvaient coûter les fleurs, pas plus qu'autre chose d'ailleurs. Il lui offrit un Météoxane. Elle ne le prit pas.

« Je sais que ce n'est pas très romantique. Mais c'est la seule chose que je puisse t'offrir… hormis mon affection. »

Elle ne fit aucun mouvement. Papi poursuivit :

« Je crois que ce jour-là, tu te rappelles ? j'ai fait une bêtise, avec cet évier. Je voulais… t'impressionner. Je me suis montré ridicule, n'est-ce pas ? Bien sûr. J'ai tardé des années à te le dire mais… que sont les années pour nous, n'est-ce pas ? »

Tout l'après-midi se passa ainsi. Il lui raconta sa vie, lui parla de ses distractions, de ses émissions favorites, de ses peurs. Il lui parla même de sa famille. La nuit tombait quand le dernier visiteur quitta la maison de retraite. Il restait là. Une infirmière s'approcha de lui.

« Puis-je vous aider, monsieur ?

– Oui. Je voudrais une chambre, s'il vous plaît. Avec vue sur le jardin.

– Pardon ?

– Je reste. Je vais vivre ici. »

Elle lui sourit avec indulgence. Tout le monde le considérait avec indulgence.

« C'est que… Ce n'est pas aussi simple… Il faudra en parler à votre famille… et préparer votre chambre…

– Ce ne sera pas nécessaire. Je dormirai avec Doris. »

Il se tourna vers celle-ci avec un sourire.

« Trêve de couillonnades, ma chérie. On se doit bien ça. »

Il l'embrassa sur la joue. Il lui sembla qu'elle souriait.

Lucy le réveilla avec les ciseaux à ongles. Il était pelotonné dans le fauteuil de Papi, bien au chaud, mais Lucy lui saisit les pattes de devant et commença à couper. Toute résistance était inutile. Le rite était implacable et inévitable, faisait partie de la vie, comme les Friskies au thon et le sable de la caisse. Il serait toujours là. Heureusement, il n'y avait que deux griffes coupées quand le téléphone sonna. Lucy le lâcha. Il se lécha l'entrecuisse et son petit dard rouge pointa entre les poils blancs. Pendant que Lucy répondait à l'appel téléphonique, il se souvint de sa mère. Elle avait l'habitude de le lécher tout entier, l'entrecuisse, le dos, la tête, puis elle le laissait s'accrocher à sa tétine jusqu'à ce qu'un de ses frères l'en chasse en le poussant. Jamais elle ne lui coupait les griffes. Lucy ne dit que peu de mots au téléphone et nota une adresse. Apparemment, elle ne reviendrait pas le déranger tout de suite. Il s'étira et s'installa près d'un des accoudoirs. Le fauteuil de Papi était comme sa mère, mais pas aussi bon. Il se lécha un peu entre les coussinets. Lucy prit une veste, chercha les clefs et partit en courant. Pendant un moment, le chat se demanda ce qui s'était passé. Mais ses yeux se fermèrent bientôt, aussi vite que lourdement. Il s'endormit. Juste avant de sombrer dans le sommeil, il sentit de nouveau l'odeur.

Sergio et Jasmín passèrent l'après-midi sur la terrasse, en cherchant le moyen d'entrer dans l'appartement du mort. S'il se laissait glisser sur le balcon, Sergio pourrait entrer et ouvrir la porte. La difficulté, c'était qu'il devrait descendre le long d'une grille aux pointes aiguës et toute rouillée. Jasmín dit :

« T'as pas les couilles. »

Sergio savait maintenant que les couilles en question n'étaient pas celles du chat. Il baissa son pantalon pour montrer qu'il en avait là où il faut.

« Elles sont petites, dit-elle.

– Toi, tu n'en as même pas.

– Oui, j'en ai.

– Tu n'en as pas.

– Si !

– Montre, alors ! »

Elle remonta sa robe d'une main, baissa sa culotte de l'autre et s'assit jambes écartées. Elle n'en avait pas.

« On dirait qu'on te les a arrachées, parce qu'il reste une sorte de trou, dit Sergio.

– Et à toi, on t'a laissé un truc horrible qui pend.

– Et toi, tu es une crétine.

– Et toi un couillon. »

Elle avait entendu Katy dire ce mot, sans savoir ce qu'il signifiait, mais il avait sans doute quelque chose à voir avec les couilles de Sergio.

Puis ils se mirent à jouer avec les figurines. Ils parvinrent à un accord. Barbie serait l'épouse de Robotruck. Quand il reviendrait de se battre contre les Tribions et qu'il aurait sauvé l'univers, elle lui ferait la cuisine et lui laverait ses vêtements. Ils étaient heureux, sauf quand Barbie essayait d'embrasser Robotruck. Alors, il lui tirait dessus avec ses poings radioactifs. Quand le soir tomba, ils arrêtèrent de jouer. Ils regardèrent les lumières des immeubles de la résidence, tout autour d'eux. Celui d'en face était de la même hauteur que celui où habitait Jasmín, et, de la terrasse, ils pouvaient voir les familles se réunir devant le téléviseur, cuisiner, pleurer et manger. Sergio reconnut M. Braun, en bas, sur le trottoir. C'était le premier fantôme qui lui apparaissait plusieurs fois de suite, et ce fantôme le regardait.

« Mes parents vont divorcer », dit la voix de Jasmín, tout près de lui.

Sergio ne savait pas ce que c'était.

« C'est bien ?

– Je crois que non. »

Sergio eut envie de poser son bras sur l'épaule de Jasmín, comme son père le faisait avec sa mère. Il passa à l'acte. Elle se mit à trembler. Ils entendirent qu'on les appelait du deuxième étage. Son père était venu le chercher. Sergio se sépara de Jasmín en lui donnant un baiser sur la joue.

Un peu plus tard, tandis qu'ils dînaient, Lucy revint à la maison sans Papi. Elle leur apprit qu'il avait refusé de quitter la maison de retraite, s'était mis son pyjama de flanelle et s'était couché au milieu de la salle de jeux en disant que si on voulait le sortir de là, il faudrait le traîner. Les employés avaient refusé de le sortir de force, en disant que ça ferait mauvais effet. Ils s'étaient donc résignés à lui préparer une chambre, que Lucy avait payée comme s'il s'agissait d'une chambre d'hôtel. Elle conclut en disant que Papi, pour faire des siennes, se posait un peu là. Sergio demanda :

« Qu'est-ce que c'est, divorcer ? »

Tous se turent. Mariana déclara :

« Quand les époux ne baisent plus, ils se séparent.

– Mariana ! » fit Lucy, avec calme, mais le regard sévère.

Personne d'autre ne sut qu'ajouter. Sergio reprit :

« Grand-père s'est séparé de nous parce que vous ne baisez plus ? »

Alfredo s'éclaircit la gorge, mais le regard de Lucy était maintenant dirigé vers lui.

« Tu sais, parfois, les papas et les mamans ne s'aiment plus comme avant... et préfèrent ne plus vivre ensemble. C'est ça, divorcer.

– Ah ? »

Autour de la table, la tension retomba. Tous respirèrent plus librement et se remirent à manger, jusqu'à ce que Sergio demande :

« Vous allez divorcer, vous ? »

Ni Alfredo ni Lucy n'osèrent donner aussitôt une réponse. Ils se regardèrent dans les yeux et regardèrent aussi leurs enfants. Lucy dit :

« Non, mon chéri. Nous, nous allons nous aimer toujours. »

Sans que Sergio sût pourquoi, elle l'embrassa. Et papa embrassa Mariana. Ils les autorisèrent à emporter le dîner dans la chambre et à rester avec eux très tard, dans leur lit, devant la télévision. Ils regardèrent le journal et un film. Papa faisait des chatouilles à Mariana. Elle jouait l'agacée, mais elle était contente. Maman fit du chocolat chaud et Sergio renversa sa tasse sur l'édredon blanc qu'on venait de laver. C'était tellement amusant qu'il se dit qu'il poserait la même question le lendemain.

Mariana ne tarda pas à s'endormir. Elle vit une pub dans laquelle une jeune femme parlait à sa serviette hygiénique, lui demandait si elle préférait aller à une fête, voir un petit ami ou rester à la maison. La serviette hygiénique, visiblement, voulait sortir avec le petit ami. Mariana sentit sa propre serviette hygiénique là, en bas, et elle eut l'impression que c'était un fardeau très lourd et très poisseux. Puis elle se mit à ronfler. Alors, Alfredo les porta tous les deux au lit et s'attarda un petit moment auprès de Sergio, en lui parlant tout bas.

« Où as-tu entendu ce mot ? lui demanda-t-il.

– Lequel ?

– Divorcer.

– Sur la terrasse.

– Sur la terrasse ?

– C'est là qu'on était.

– Ah. Et pourquoi étiez-vous là ?

– Pour voir un mort.

– Tu en vois un, dit Alfredo, sans pouvoir s'en empêcher.

– Non, dit Sergio en fermant les yeux. Un vrai.

– Oui, bien sûr. »

Elle ne reçut aucun billet ni le dimanche ni le lundi, et elle commença à s'inquiéter. Apparemment, son admirateur secret s'était repenti ou avait été déçu par le spectacle au Sushi Bar. Elle se demanda si elle allait continuer ou pas à lui paraître attirante, et redouta le pire. Ce fut seulement le lundi soir qu'elle trouva le rendez-vous suivant, écrit au crayon gras sur le plateau du petit déjeuner. Elle fut excitée à l'idée que son admirateur était entré chez elle ; il devait l'avoir fait pendant qu'elle s'entretenait avec sa dernière cliente. Cette fois, il lui donnait rendez-vous à la cafétéria Susy. Il lui restait peu de temps pour s'y rendre. Le billet disait en outre :

Maintenant, je ne veux voir que ton visage

Elle s'appliqua de la crème contour des yeux Shiseido pour tonifier ses pauvres yeux, épuisés de tant regarder. Elle se mit une goutte de *Zeste d'été* sur le cou et derrière les oreilles. Le parfum du citron sylvestre lui donna une impression de fraîcheur. Elle sortit et, dès qu'elle fut dans l'avenue Gregorio Escobedo, elle sentit le regard se planter entre ses épaules. C'était une sensation presque physique. Elle s'approcha de la cafétéria Susy. À l'intérieur, il n'y avait personne d'autre qu'une serveuse et un homme à la caisse. Lucy entra et demanda un jus de corossol. On le lui servit dans un grand verre conique, avec une paille. Elle décida d'attendre. Au bout de quelques minutes, un homme entra. Le cœur de Lucy ne fit qu'un tour. Elle sut que c'était lui. Elle ne pouvait s'expliquer pourquoi, mais elle le savait.

L'homme s'assit à une table proche de la porte et demanda un café avec une goutte de lait. Il déplia un journal sportif et se mit à lire. Il dissimulait bien sa perversion et ne semblait pas s'intéresser particulièrement à elle. Ce qui l'amusait peut-être. Poursuivre une femme de ses assiduités puis s'asseoir près d'elle comme si de rien n'était. Lire les nouvelles de son équipe de football et ne même pas regarder celle qui se dévêtait pour lui dans les toilettes publiques. Sans le lâcher du regard, Lucy but son jus de fruits. Il était blanc et épais. De temps en temps, de petits morceaux pelucheux de corossol obstruaient l'entrée de la paille. Soudain, l'homme leva les yeux. Lucy faillit avaler de travers en découvrant son visage. Il n'était ni particulièrement beau ni particulièrement laid. Elle se sentit un peu déçue. Elle s'était attendue à un visage plus typé. L'homme promena sur le local vide son regard qui, en glissant sur le comptoir, croisa celui de Lucy. Il eut une légère inclinaison de tête. Lucy sourit. Elle s'avisa qu'elle jouait avec la paille, levant et baissant les doigts comme si elle la masturbait. Aussitôt, elle arrêta son mouvement de main et se concentra sur le jus. Puis elle dirigea de nouveau les yeux vers lui. Il avait replié son journal et regardait les gens passer. Il se leva et s'approcha du bar pour régler sa consommation. Ce ne fut pas par hasard qu'il vint se mettre juste à côté de Lucy. Il lui sourit. Elle n'y tint plus.

« C'est toi, n'est-ce pas ? lui dit-elle.

– Pardon ? » demanda-t-il.

Elle rougit.

« C'est toi ? »

Il sourit de nouveau et se rapprocha davantage. Les poils de son bras frôlaient ceux du bras de Lucy.

« C'est possible. Tu veux que ce soit moi ?

– Je ne sais pas. Ça dépend de toi. »

Ils rirent. Il paya aussi le jus de corossol et lui demanda si elle voulait boire autre chose. Elle refusa. Il poursuivit :

« Tu engages toujours la conversation avec des inconnus dans la rue ?

– Je te connais.

– Ah bon ? Tu te trompes peut-être.

– C'est un risque que je veux bien courir. »

Elle se laissait emporter. Elle disait les premières paroles qui lui venaient à l'esprit. Sans retenue. Peut-être avait-il un certain charme, après tout.

« Et le risque t'amuse ? demanda-t-il.

– Qui ne risque rien n'a rien.

– Et qu'espères-tu avoir ?

– Ce que tu peux m'offrir. »

Il ouvrit des yeux comme des soucoupes.

« Je vais te... Je dois attendre quelqu'un... mais j'ai le temps de faire un tour. Tu viens ? »

Lucy se demanda s'il était chauffeur de maître ou garde du corps. Il avait l'air d'un quarteron futé, blanc mais pauvre, ce qui lui donnait quelque chose d'encore plus attrayant. Et il était musclé, encore qu'il eût un peu de ventre. Dans le fond, il était tel qu'elle l'avait voulu. Elle sentit que ses désirs coïncidaient avec les faits et s'en réjouit. Elle le conduisit sur l'un de ses chemins secrets dans la résidence. Il manifesta un grand intérêt.

« Tu vis par ici ?

– Tu sais très bien où je vis !

– Bien sûr. C'était un test. Je peux te tester ? »

Elle rit. Il était moins vulgaire que dans ses billets, mais il ne pouvait cacher cet air de rufian qui plaisait tellement à Lucy. En tournant le coin du parking du bâtiment J, il la plaqua contre le mur de l'entrée et l'embrassa. Sa langue paraissait plus large que ses épaules. Elle se déroba à son étreinte, parce que quelqu'un pouvait les voir. Il la traîna presque dans l'édifice. Elle chercha le réduit de la distribution d'eau. Il y avait dans chaque immeuble une de ces petites pièces sombres et humides. Ils la trouvèrent. L'odeur était infecte, mais ils entrèrent précipitamment. Il la plaqua de nouveau contre le mur et lui mordit le cou. Lucy poussa un gémissement, lâcha le sac et se pendit à son cou. Elle sentit ses énormes mains lui aspirer les fesses comme des ventouses. Ses dents mordre le lobe de son oreille, ses lèvres courir sur ses seins. Elle sentit la pression du mur contre son dos. Alors, il la poussa vers le bas jusqu'à ce qu'elle fût agenouillée, la bouche à la hauteur de la braguette. Il baissa son pantalon, elle supplia:

« Non... »

Mais il lui avait déjà enfoncé son membre dans la bouche. Un membre beaucoup plus nerveux que celui d'Alfredo, plus gros, et plus malodorant.

« Non, laisse-moi, dit-elle.

– Allez, vas-y, vite. »

Il essaya de lui plaquer le visage contre son bas-ventre. Elle résista.

« Lâche-moi !

– Qu'est-ce qu'il y a ? Ça ne te plaît pas ?

– Pas comme ça. »

Il se rapprocha d'elle. Son membre devenait rapidement flasque. Il la saisit par les cheveux.

« Suce ! »

Suce ! Lucy se sentit sale, imprégnée par l'humidité du réduit et par l'odeur de l'homme.

« Va-t'en ! cria-t-elle.

– Tu m'emmènes jusqu'ici et puis tu me chasses ? Ça ne va pas comme ça, ma belle. Ce sont des choses qui ne se font pas. Compris ?

– Va-t'en, je t'en prie. »

Elle ne voulait pas regarder son visage. Elle ne voulait pas le regarder. Il se rapprocha encore. Son membre sortait de son slip mais, maintenant, il ne ressemblait plus à un gourdin ; il pendait, flasque.

« Sale pute », lui dit-il.

Ils sortirent du réduit, et il lui dit encore, cette fois en criant :

« Sale pute ! Putain ! »

Deux personnes âgées sortaient à ce moment-là de l'ascenseur. Elles s'arrêtèrent pour les regarder. Le type ne cessa pas de crier jusqu'à ce qu'il eût disparu entre les immeubles. Lucy courut chez elle. En chemin, elle perdit un de ses talons, et ne s'arrêta même pas pour le ramasser. Elle entra dans l'appartement en trombe, se précipita aux toilettes et vomit. Puis elle se traîna jusqu'à son lit, où elle resta couchée en chien de fusil pendant deux heures, la tête sur l'oreiller, à mordre les draps. Elle ne se releva que pour aller vomir encore une fois. Alors, elle se regarda dans le miroir. Il lui sembla qu'elle était très sale et dans un état pitoyable. Elle prit machinalement son sac pour retoucher un peu son maquillage. Sur le miroir, il y avait quelque chose d'écrit au rouge à lèvres :

Jamais je ne t'aurais fait ce que t'a fait cette pédale.
Moi, je ne veux que te regarder.
Demain, 19 h 20, drugstore San Felipe.

Elle caressa les lettres rouges sur le miroir, émue, sûre que l'homme qui avait écrit ça était quelqu'un de réellement merveilleux.

Il ne savait pas quelle tête se composer pour retrouver Gloria, ce lundi-là. Il ne savait même pas comment il allait s'y prendre pour lui dire bonjour. Le mieux, en de pareils cas, était de faire comme si rien ne s'était passé et de laisser le temps se charger de tout effacer de la mémoire, des mains poisseuses et des serviettes de toilette, jusqu'à ce que plus rien ne se soit réellement passé. Il se dit que c'était ce qu'il allait faire. Voilà pourquoi il fut tellement surpris en trouvant l'œillet sur son bureau. Et sa surprise fut encore plus grande quand il lut le mot qui y était épinglé :

Pour mon chef de bureau,
avec estime et affection,
Gloria

Il supposa qu'elle aussi voulait clore ce chapitre, n'y voir qu'un regrettable malentendu. Il se sentit soulagé.

Sa secrétaire avait un air inhabituel, ce matin. Elle avait changé de coiffure et se montrait d'une humeur nouvelle, légère, presque festive, qu'elle ne tarda guère à lui communiquer. Il aurait aimé l'inviter à déjeuner, mais il avait déjà rendez-vous, à cette heure-là, avec les représentants des distributeurs, pour discuter avec eux de nombreux points de détail dont, à dire vrai, il n'avait que faire. Elle accepta toutefois son invitation d'aller prendre un café quand ils quitteraient le bureau. Pendant toute la journée, il ne but presque pas et ne fuma pas davantage. Il se sentait propre.

En sortant, il emmena Gloria au Larcomar. La brume était chaque jour plus épaisse. La baie vitrée du café donnait sur une mer dont la couleur se confondait avec celle du ciel. La frontière entre les deux était floue, aussi floue que celle entre lui et sa secrétaire. En dépit de son calme intérieur, Alfredo sentit que la grisaille l'envahissait. Ils parlèrent du budget des deux prochains mois, et du lancement de leur nouveau produit. Puis s'installa entre eux un silence aussi vaste et épais que le ciel. Ils baissèrent les yeux sur leurs tasses vides, et essayèrent au même instant de prendre la parole.

« Je...

– Pour ce qui... »

Ils rirent, et Alfredo se lança.

« Je te remercie de ne pas t'être fâchée contre moi. J'ai été... un peu maladroit... et...

– Ne t'inquiète pas. Vraiment. En fait, j'ai trouvé ça flatteur.

– Il m'a semblé que je t'avais fait peur.

– D'abord, oui. Après, j'ai trouvé ça flatteur. Il y avait longtemps que personne…

– Je comprends. »

Il s'aperçut qu'ils se tutoyaient. Gloria était sympathique et ses yeux avaient aujourd'hui un éclat particulier. Il lui offrit de la raccompagner. Ils marchèrent jusqu'à la voiture en longeant le quai, la mer à leurs pieds. Il se sentait bien. À force de rester enfermé à la résidence, il en oubliait qu'il vivait dans une ville de bord de mer. Il se dit que c'était le bon moment pour lui annoncer qu'il ne lui restait plus que six mois à vivre, six mois qui allaient chaque jour en diminuant. C'était trop peu de temps pour contempler la mer tout son saoul. Gloria dit qu'elle avait froid. Il glissa un bras sur ses épaules, pour l'abriter un peu, en pensant créer ainsi un climat d'intimité. Quand il se tourna pour lui parler, il trouva sa bouche tout près de la sienne. Il sentit la chaleur de son haleine et les battements de son cœur, qui semblait cogner plus fort que les vagues le long du quai. Ils s'embrassèrent. Un peu plus tard, ils allèrent dans un hôtel de l'avenue Comandante Espinar, où ils firent inscrire sur la fiche Juan Luis et Mari Pili Parodi.

Dans la chambre, elle se dévêtit comme si elle pelait un fruit, découvrant ce que jusqu'alors il n'avait fait que deviner. Elle portait des bas attachés à un porte-jarretelles transparent qui laissait voir sa culotte. Avant d'aller plus loin, elle s'arrêta.

« Je ne sais pas si c'est bien... »

Alfredo ne le savait pas non plus. Il l'attira vers lui en l'enlaçant. Sa seule envie était encore de lui parler, à ce moment-là. Elle l'étreignit très fort. Il l'embrassa, lui caressa le dos. Elle finit d'enlever ses sous-vêtements. Son corps était tel qu'il l'avait imaginé, mais il était aussi revêtu, en cette fin d'après-midi, d'une sorte de halo particulier. Il lui plut. Il en baisa toutes les parties, l'une après l'autre. Tout lui semblait naturel. Elle ne devait rien s'être fait opérer. Quand il se coucha sur elle, il sentit un spasme nerveux la secouer. Il la rassura.

« J'ai peur de ce que tu pourrais penser de moi », dit-elle.

Elle ne voulait pas paraître facile. Il lui dit qu'ils n'étaient pas obligés de le faire. Que telle n'avait pas été son intention. Qu'il ne voulait pas qu'elle se sentît forcée de quelque manière que ce fût, et il lui demanda de se rhabiller. Lui n'avait encore ôté que ses chaussures. Il se mit à les relacer. Gloria était restée figée, aussi raide sur le lit qu'une morte.

« Je veux le faire », déclara-t-elle.

Il essaya de résister, mais elle s'était mise à le dévêtir rapidement. Peut-être trop rapidement, se dit Alfredo. Elle l'attira contre elle avec un certain désespoir et l'urgence habituelle qui nous tient quand on couche pour la première fois avec quelqu'un et que l'on ne veut pas voir l'excitation disparaître à cause de notre nervosité. Alfredo ne pouvait plus l'arrêter. Tandis qu'elle lui déboutonnait la chemise, il sentit son haleine au café. Il voulut tout interrompre. Maintenant, elle lui défaisait la ceinture. Il pensa aux draps. Il était déjà venu dans cet hôtel. Aujourd'hui, ils étaient particulièrement horribles. Il se demanda s'il ne ferait pas mieux d'appeler pour qu'on vînt les changer. Elle se coucha et l'attira à elle. Il dut lui embrasser le cou. Où il y avait diverses rides. Il baisa ses seins, au-dessus d'une croix pendue à une chaîne en argent. Sur sa poitrine, le Christ saignait et le regardait avec commisération. La respiration de Gloria devenait haletante. Il jeta un coup d'œil entre ses propres jambes, ne vit aucune proéminence sur le devant de son caleçon, qu'il n'avait pas encore enlevé. Alors, il se frotta contre elle avec plus de vigueur, ne s'interrompant que pour voir si le mouvement faisait de l'effet. Il essaya de penser à des revues pornographiques, au cul de Mari Pili et même à Lucy, pour essayer de s'exciter, et il réussit ainsi à s'exciter mentalement. Toutefois, son corps ne réagit pas. Sa peau semblait être synthétique. Il augmenta l'intensité et la luxure de ses caresses, prit la main de Gloria et la dirigea vers son caleçon. Apercevant le téléphone, il envisagea d'appeler le service des chambres et de commander une érection.

Il s'immobilisa. Elle resta elle aussi comme paralysée. Il ferma les yeux et s'écarta.

« Je suis désolé, dit-il.

– Ce n'est pas grave, affirma-t-elle. Ne t'inquiète pas, c'est normal. »

À cet instant-là, Alfredo s'aperçut qu'il ne comprenait pas ce qu'il faisait là. Il aurait voulu la voir quitter immédiatement la chambre. Mais lui dire une chose pareille eût été peu courtois. De plus, elle avait envie de parler. Elle évoqua à son intention ses deux maris et quelques amants qu'elle avait eus entre-temps. Après son second divorce, elle avait préféré oublier les hommes. Elle croyait à l'amour profond et véritable, mais les hommes n'y croyaient pas, eux. Alfredo essaya de prêter un peu attention à ce qu'elle disait. Les hommes parlent avant l'amour, les femmes après, se dit-il. Elle était d'humeur joueuse. Il sentait ses deux seins pendre au-dessus de sa tête, et il eut l'étrange idée qu'un de ces seins pouvait se détacher et s'enfoncer dans son crâne.

« Tu ne vas pas me renvoyer, alors ?

– Comment ? Bien sûr que non. Je n'ai jamais eu une idée pareille.

– C'est vrai ?

– C'est vrai.

– Je le savais, tu n'es pas un type comme ça, n'est-ce pas ?

– Je ne suis ni comme ça ni comme ci.

– Tu es sensible. »

Elle lui caressa les poils de la poitrine. Il ne devait en avoir qu'une bonne dizaine ou une petite vingtaine.

« Tu me trouves sensible ? »

Elle haussa les épaules.

« Je te trouve triste. Et parfois, très triste. »

Elle lui caressa le visage. Il se laissait faire, passif. Il demanda un café et des sandwichs pendant qu'elle jouait avec le téléphone et ses seins. Après avoir mangé, Gloria essaya une nouvelle fois de l'exciter : elle dansa un peu, nue, essaya de l'attirer sous la douche. Alfredo se sentait de plus en plus mal à l'aise. Il ne cessa pas pour autant de se montrer correct et se défit d'elle avec des gestes de tendresse. Quand ils furent habillés, il la raccompagna. Elle avait l'air très contente et il se sentait au plus bas. Il se dit que le moment était venu de lui parler de sa situation, de sa maladie, des six mois de sursis. En définitive, c'était de ça qu'il s'agissait, d'entrée de jeu : pouvoir lui en parler. Maintenant qu'ils étaient devenus plus intimes, il pouvait peut-être le faire. Elle vivait à San Miguel. Quand la voiture s'immobilisa, elle l'embrassa au coin des lèvres.

« C'est comme ça que mon premier amoureux m'embrassait.

– Gloria, il y a des choses que je ne t'ai pas dites…

– Beaucoup de choses.

– Oui. »

Il plongea son regard dans le sien. Tout au fond, il vit une compréhension insondable, un sentiment presque maternel.

« Oui, je te les dirai », fit-il enfin avec le meilleur sourire qu'il put feindre.

Elle descendit de l'auto et lui fit un signe de la main. Il tourna au premier carrefour en cherchant la sortie vers l'avenue Universitaria. Il ne pouvait rien dire à Gloria. D'une manière inattendue et soudaine, elle était devenue un nouveau membre de la famille.

Pendant toute la journée, elle sentit les regards de haine que lui lançait Katy. On aurait dit des couteaux. Mais ils ne faisaient que la chatouiller. Elle ne daigna même pas se retourner, faire front et répondre. Pour Mariana, Katy n'existait plus.

Quand sonna l'heure de la récréation, toutes les filles sortirent en courant, comme d'habitude. Mariana guetta Katy au passage pour lui faire un croc-en-jambe. Katy s'étala de tout son long sur le sol et entraîna dans sa chute deux autres filles qui lui tombèrent dessus. Mariana s'éloigna comme si elle ne s'était rendu compte de rien. Puis elle dit à Fiorella que Katy l'appelait le vieux débris. Elle raconta à Verónica que c'était Katy qui lui avait soufflé son amoureux, Emilio. Elle dit à Miguel que Katy s'était moquée de lui quand il l'avait invitée à la fête de fin d'année : elle avait prétendu qu'elle ne pourrait pas venir parce qu'on ne lui donnait pas la permission mais, par-derrière, elle l'avait traité de pouilleux et s'était juré de ne jamais se montrer avec lui, même au bal masqué. À leur professeur de littérature, Mlle Anna Paula, elle suggéra de comparer les copies qu'elle et Katy avaient rendues, parce que Katy l'avait forcée à la laisser copier. Enfin, elle dit à Luismi que Katy avait fait courir le bruit qu'il était une tante.

À la sortie des classes, Mariana passa par les toilettes pour boire un peu d'eau. Katy l'y attendait. Elle s'approcha d'elle et lui demanda :

« Qu'est-ce qui te prend, espèce de tarée ? »

Mariana ne s'émut nullement.

« Rien, pourquoi ?

– Ne joue pas les idiotes. »

Alors, Mariana leva la tête et regarda Katy dans les yeux. Celle-ci avait les sourcils froncés, et ses cheveux blonds faisaient ressortir sa mâchoire crispée. Katy serrait les dents. Mariana ne l'en détesta que plus fort.

« Je ne joue pas les idiotes. Je suis idiote. L'aurais-tu oublié ?

– Pourquoi me fais-tu ça ?

– Il faut tout connaître, dans la vie. »

Mariana s'essuya le visage avec le revers de la main et voulut sortir. Katy lui barra le passage.

« Tu veux que je t'en mette une, c'est ça ?

– Tu oserais ?

– Je te défoncerais la chatte à coups de pied. »

Mariana leva la jupe plissée de l'école et dévoila sa culotte à fleurs enfantine.

« Allez vas-y, dit-elle. Défonce-moi.

– Tu es une sale gouine !

– Qu'as-tu dit ?

– Tu es une sale lesbienne !

– Ferme-la, Katy. »

Mariana avait parlé doucement, tête baissée. Elle ne voulait pas en entendre davantage. Elle voulait seulement partir.

« Tu es jalouse parce que je plais aux garçons et que tu ne plais à personne, pas même aux filles !

– Ça suffit, Katy.

– Parce que tu es amoureuse de moi et que je me fous pas mal de toi. Tu aimerais ça, pas vrai ? Tu aimerais que je te touche la chatte, même d'un coup de pied. Gouine !

– Tu vas la fermer ! »

N'en pouvant plus, Mariana laissa tomber ses livres par terre et se jeta sur Katy. Elle l'attrapa par les cheveux et lui griffa le visage. Katy lui rendit quelques coups d'ongles, puis lui cogna la tête contre le mur. Une multitude fit cercle autour d'elles. Quelques garçons étaient même entrés dans les toilettes, attirés par le combat. La plupart des spectateurs soutenaient Katy. Elle était la plus forte. Elle saisit Mariana par les cheveux, la traîna sur le sol, s'assit sur sa poitrine et lui secoua la tête en lui tirant toujours les cheveux. Mariana ne pouvait se défendre. Elle essaya de la frapper, mais elle n'y parvint pas. Ses cheveux et la rage l'aveuglaient. Katy ouvrit la porte des toilettes, la poussa à l'intérieur et, aidée par deux amies, essaya de lui enfoncer la tête dans la cuvette. Mariana s'accrocha au rebord. Ses cris se perdaient au milieu d'autres cris qui lui étaient hostiles. Elle sentit des ongles s'enfoncer dans son cou. Au moment où elle allait lâcher prise, des filles crièrent qu'une sœur approchait. Le groupe se dispersa, laissant Mariana agenouillée là, couverte de crachats. Elle saignait du nez et avait les mains pleines de cheveux, les siens et ceux d'autres filles. Quand elle se fut levée avec difficulté – elle avait mal partout –, elle se lava le visage, se coiffa. Encore heureux, la cuvette était propre. Elle effaça le sang, la morve, les larmes, lissa son uniforme ; elle ne pleurait plus mais bouillonnait intérieurement. Katy méritait le pire des châtiments.

Elle sortit des toilettes, se dirigea vers le parking et s'approcha de la voiture de Javier. Il avait réglé la musique à plein volume et, comme toujours, il était entouré d'un chœur de crétins. Mariana décida de ne pas perdre trop de temps avec eux. Elle s'assit directement à côté de lui et lança :

« Elle est drôlement bien, ta voiture.

– Elle atteint les 200 en cinq minutes.

– Et toi, en combien de temps ? »

Javier était plus lent que sa voiture, mais pas à l'excès. Il l'emmena à Larcomar et ils restèrent garés là un moment, face à la jetée. Il parla d'autos pendant une heure et demie : pistons, systèmes de suspension, amortisseurs, carrosseries. Il compara toutes les voitures du monde à la sienne, et toutes sortirent perdantes. Heureusement, il avait des joints. Pendant qu'elle fumait, Mariana oubliait un peu la répugnance qu'il lui inspirait. Puis elle lui demanda des bières. Il pouvait payer. Jamais il n'était à court d'argent et il pouvait tout payer. Javier acheta un pack de six canettes. Il dit qu'on ne voyait pas la mer d'où ils étaient, et proposa d'aller les boire en bas, sur la route des plages. Ils descendirent en voiture. À Punta Roquitas, Javier dit que là, au moins, il y avait des vagues, et il palpa la jambe de Mariana. Elle le laissa faire. Elle n'ouvrait pour ainsi dire pas la bouche. À Redondo, un peu plus loin, il dit qu'il venait parfois là avec ses copines, et il lui donna un baiser poisseux et baveux.

« Et Katy, tu l'as emmenée ici ?

– Katy ? Non. Je ne me la suis jamais payée. Elle ne se laisse pas faire. Elle est très passive, l'idiote. Passive, c'est ça. »

Près du Club de Regatas, Javier se gara et lui glissa la main sous sa robe. Mariana se demanda combien de temps elle allait encore pouvoir le faire patienter.

« Pas ici, dit-elle. Allons près de chez moi.

– Près de chez toi ?

– Ici, j'ai peur.

– Tu as peur de quoi ?

– De baiser. Ici. »

Javier dit qu'il la conduirait où elle voudrait. Ils fumèrent un autre joint en chemin, parce que Javier dit que, comme ça, il se sentait mieux. Elle le fit se garer sur le parking le plus proche de la résidence.

« Ici ? demanda Javier en coupant le moteur. Mais n'importe qui peut nous voir.

– Personne ne regarde », dit-elle.

Elle consulta sa montre. Il était 21 h 20. Katy sortait de son cours d'anglais à 21 h 30. Elle avala sa salive. Javier se mit à la peloter sans plus de préambules. Il essaya de baisser les bretelles de la robe. Elle dit :

« Attends.

– Qu'est-ce qu'il y a ?

– Je veux une autre bière.

– Il n'y en a plus.

– J'en veux une autre.

– Faut-il que ce soit maintenant, à l'instant ?

– Faut-il que tu sois bouché ? Je m'en vais tout de suite si je n'ai pas de bière. »

Javier descendit, furieux, et claqua la portière. Mariana resta seule à attendre. Elle pensa sortir de la voiture et courir chez elle. Il revint quinze minutes plus tard avec un autre pack.

« Il a fallu que je fasse le tour de la résidence. Tu aurais dû venir avec moi.

– Sûrement pas », dit-elle.

Elle ne toucha même pas aux bières. Il s'assit à côté d'elle et l'attira contre lui. Il revint aux bretelles et lui tripota les jambes. Elle le retint un peu, pendant qu'elle prenait sa décision. Il était encore temps. Elle l'amusa avec son soutien-gorge et sa culotte, qui n'avait plus l'air aussi enfantine. Mariana avait trop bu. Elle avait trop fumé. Javier sortit une capote et lui demanda de la lui mettre. Elle le fit. Tout d'abord, elle ne sut pas trop comment s'y prendre, mais elle finit par comprendre. Tout semblait arriver comme dans un film, en marge de sa volonté. Il lui embrassa les seins. Il puait l'alcool et le tabac. Elle le mordit et subit ses dépôts de salive pendant ce qui lui parut être des années. Javier n'embrassait pas, il léchait. Il semblait croire que baiser était quelque chose qui se faisait avec la langue. Mariana vit Katy apparaître au coin de la rue. Elle ferma les yeux, voulut partir. Il lui sembla que Javier s'agitait avec un grand déploiement d'efforts qui faisait bouger la voiture. Elle sentit en elle un déchirement, poussa un cri de douleur. Elle lui planta ses ongles dans le dos, s'efforça de le repousser, mais elle n'en fut pas capable. Il était trop lourd et la douleur en elle trop forte. Cuisante. Elle sentit que quelque chose la brûlait, du ventre à l'estomac, comme si on lui injectait du feu. Javier mit trente secondes à jouir.

« Waouh ! lui dit-il ensuite, Mariana, tu es … un super coup. »

Mariana se sentit encore plus mal que quelques heures auparavant, quand elle était sortie des toilettes.

« Ta gueule, crétin », fit-elle.

Elle réussit à se défaire de lui d'une poussée et lui enleva, lui arracha presque la capote, qu'elle trouva très désagréable au toucher. Elle noua l'ouverture pour que le sperme ne coule pas et la glissa dans une de ses enveloppes Hello Kitty.

« Que fais-tu ?

– Je t'ai dit de la fermer. »

Elle ne voulait pas trop parler pour ne pas éclater en sanglots. Elle arrangea sa robe et descendit de l'auto. Javier avait encore le pantalon aux chevilles.

« Attends, la bière !

– Bois-la ! »

Elle claqua la portière au nez de Javier, marcha jusqu'au trottoir de la résidence, où elle déchira une page de son bloc-notes. Elle prit le crayon The Ponys et écrivit : *Si tu proposes à un type de baiser, peu importe à quoi tu ressembles. Il ne dira pas non.* Elle mit la feuille dans une enveloppe, avec la capote, écrivit le nom de Katy dessus avec du vernis noir, se dirigea vers l'immeuble où celle-ci habitait et attendit que quelqu'un ouvre la porte pour entrer. Elle monta au deuxième et posa l'enveloppe devant la porte de l'appartement.

Une fois rentrée chez elle, elle alla à la salle de bains, enleva sa robe et sa culotte, se lava la vulve. Puis elle se souvint qu'il l'avait léchée des pieds à la tête et un frisson la parcourut. Elle prit une douche chaude, fumante, et, en se savonnant soigneusement partout, découvrit ici et là de nombreuses ecchymoses. Pendant que l'eau entraînait les diverses baves de Javier, elle s'aperçut que sa serviette hygiénique était tachée de sang et se souvint qu'il y avait aussi du sang sur la capote, et pas seulement trois gouttes.

Cette fois, l'odeur était irrésistible. Il y avait longtemps qu'il ne l'avait pas sentie aussi intensément. Il avait essayé de l'oublier, et voilà que maintenant qu'il se sentait sûr de lui, maître du tapis de bain et du fauteuil de Papi, elle revenait, entrait en lui par tous les pores de sa peau, par chaque poil de son corps.

Il passa tout le jour à aller d'un coin de la maison à un autre. Il pissa sur les draps de Lucy et sur le canapé. Il envoya valser les tasses en faïence et tout ce qui lui chantait. Il mit la tête à la fenêtre pour essayer de déterminer d'où venait l'odeur ; elle semblait venir de partout, portée par la brume. Finalement, il se posta à côté de la porte et tenta de s'enfuir quand Lucy arriva, mais elle la referma trop vite. Il essaya de fuir quand Alfredo rentra, mais celui-ci le ramena à la maison en dépit de ses protestations. Finalement, quand Mariana revint à la maison, il ne laissa pas passer l'occasion et bondit dehors dès qu'il entendit le bruit de la clef. Elle ne remarqua même pas qu'il était sorti. Il descendit les escaliers sans céder au vertige et sans savoir où il allait. Mais l'odeur l'entraînait, le guidait doucement, tout d'abord en bas, dans la rue, puis de l'autre côté de l'immeuble. Elle semblait venir de très loin, traverser des kilomètres de jardins et de constructions, avant d'arriver à son nez. Après avoir couvert la plus grande distance qu'il avait parcourue de sa vie, il en découvrit la source.

L'odeur venait d'une chatte tachetée blanche et noire qui se frottait contre une lance d'arrosage dans un jardin. Elle le provoquait avec des ronrons et des gémissements et pressait les pointes de ses fesses contre tout objet saillant qu'elle trouvait. Le chat la découvrit et la traqua comme une proie, mais avec beaucoup plus d'intérêt que celui qu'il accordait aux mouches et aux cafards qui apparaissaient parfois dans la cuisine. C'était la première fois qu'il voyait une chatte qui n'était pas de sa famille. Elle était belle. Elle sentait bon. Mais elle n'était pas seule. Un persan croisé miaulait en la regardant glisser lascivement contre le métal froid. Tout d'abord, il allait falloir vaincre celui-là. Il n'hésita pas. Il s'approcha de son rival, torse bombé. Ils mesurèrent leurs forces avec quelques grondements menaçants. Le persan semblait lui aussi être sorti de chez lui pour la première fois. Ses menaces ressemblaient à des gémissements ; on aurait dit qu'il réclamait sa pitance. La chatte les observait, sans doute fière de les voir se battre pour elle, prête à s'offrir au vainqueur. Le persan bondit le premier. Le chat le reçut avec ses pattes de devant et réussit à lui mordre le cou. Puis il passa à la contre-offensive en sautant sur la queue de l'autre qui essayait de se replier. Le cri du persan fut épouvantable. Quand il se retourna, il envoya un coup de griffes qui aurait pu coûter un œil au chat, mais celui-ci réagit à temps et para l'attaque en mordant la patte tendue. Ils se jetèrent l'un sur l'autre, roulèrent sur le sol, se griffèrent. Le chat sut à quoi servaient les griffes qu'on lui coupait et regretta d'en avoir deux hors d'usage. Mais il ne céda point. Le combat dura une quinzaine de minutes et lui laissa une blessure au bas du dos et une égratignure saignante au nez. Mais, pendant l'assaut final, il réussit à saisir la tête de son adversaire entre ses pattes et à le mordre à la joue jusqu'à le faire fuir. Il se retourna. Maintenant, il fallait affronter le dernier écueil : la chatte.

Il bondit sur elle, mais elle se sauva. Il dut la poursuivre malgré ses blessures, refaire un tour complet de la résidence, et, finalement, il réussit à lui sauter sur la queue et à la capturer. Mais alors, elle se retourna et le repoussa à coups de griffes. En se voyant acculée, elle chercha refuge dans un coin, menaçante. Le combat recommença, mais d'une autre manière, cette fois-ci. Le chat essayait d'attaquer par-derrière. Elle criait et refusait, tandis qu'il s'efforçait de la faire tenir tranquille en la bloquant entre ses pattes. Après un long assaut, il put l'immobiliser assez longtemps, mais il avait maintenant à accomplir un dur effort de visée dans la cible mouvante. Il essaya encore et encore. Ce fut une opération délicate qui prit plus de temps que les prolégomènes. Mais il atteignit l'objectif. Une fois là, il s'agita pendant quelques secondes et ressentit un plaisir immense, un plaisir aussi grand que celui de s'accrocher à la tétine de maman, et même encore plus grand, unique. Un plaisir aussi chaud que le tapis de bain et aussi doux que le fauteuil de Papi. Il se dit que l'aventure avait valu la peine. Tout ceci dura trois secondes et demie.

Aussitôt après, la chatte fit entendre un brutal miaulement de douleur. Alors qu'il croyait que tout était fini, elle se tourna et lui griffa la tête d'un coup de patte. Elle le mordit au cou et sur le dos, ouvrant de nouvelles sources de sang, et s'acharna sur les blessures jusqu'à les rendre deux fois plus importantes. Elle faillit lui arracher un œil. Quand il put enfin réagir, la chatte le poursuivit jusqu'à la limite de la résidence. Chaque fois qu'elle le rattrapait, sans lui accorder le moindre répit, elle lui enfonçait ses griffes et ses dents dans la chair. Elle était beaucoup plus sauvage que le mâle, et de bien plus mauvaise humeur.

Ils coururent ainsi jusqu'au bord d'une route où passaient des voitures. Le chat savait qu'il était dangereux de traverser, et savait aussi qu'il était également dangereux de rester où il était. Sans regarder ni dans un sens ni dans l'autre, il s'élança en direction de l'autre côté.

Il entendit quelques coups de klaxon, sentit les roues lancées à grande vitesse bourdonner à ses oreilles, il lui sembla que le déplacement d'air allait l'engloutir. Une camionnette faillit l'écraser. Quand il arriva enfin en face, il s'arrêta. Il n'en pouvait plus, était incapable de courir un centimètre de plus. Cette chatte pouvait le tuer si elle le voulait, mais, même ainsi, l'affaire aurait tout de même valu la peine. Il se retourna pour lui offrir son cou, son ventre, sa vie.

La chatte était restée de l'autre côté de la route et flairait la piste pour voir où il avait bien pu traverser. Elle le regarda de loin avec mépris et un miaulement de défi, puis lui tourna le dos et alla se perdre entre les immeubles. Le chat était hors de danger. Quand il se vit seul, il s'assit pour reprendre haleine et lécher ses blessures. Beaucoup d'entre elles étaient à des endroits qu'il avait de la peine à atteindre avec sa langue. Il gémit et se dit qu'il retrouverait cette chatte et qu'alors il la mordrait et la prendrait encore, et qu'il la remordrait pour lui apprendre le respect. Ensuite, il comprit que la première chose qu'il devait faire, c'était reprendre le chemin de la maison. Il ne savait même pas où il était.

Le dimanche, Papi dormit dans la chambre 240. Le directeur avait décidé de lui donner la pire chambre de la maison de retraite pour se débarrasser de lui. Il y avait une fuite au-dessus de son lit, avec une énorme tache d'humidité. Pas de fenêtre ni de toilettes privées. Deux de ses compagnons de chambre, l'un grand et gros et l'autre petit et gros, se présentèrent :

« Bonsoir, je m'appelle Guillermo et je souffre de la prostate.

– Eugenio. Hémorroïdes. Très heureux. De quoi souffres-tu ?

– D'amour, répondit Papi.

– Quel dommage, dit Guillermo. Si tu souffrais de la prostate, on pourrait échanger nos médicaments. Voilà Sinesio. »

Sinesio était petit et maigre. Il avait une tête d'acariâtre et il ne lui rendit même pas son salut. Ils passèrent la nuit sans dormir, à parler coliques néphrétiques et problèmes circulatoires. Papi découvrit qu'il n'avait plus eu de conversation avec qui que ce fût depuis des années. Tous ceux avec lesquels il aurait pu en avoir une étaient morts, et à la maison la pudeur l'en empêchait. Mais Guillermo et Eugenio étaient sympathiques. Sinesio aussi, à sa manière, même s'il ne desserrait pas les dents. Ils furent surpris d'apprendre que Papi était là de sa propre volonté et qu'il ne voulait plus en partir. Eux détestaient leur chambre, mais leurs enfants ne voulaient pas payer plus cher.

Le lendemain matin, Papi revit Doris. Elle faisait la queue pour avoir ses médicaments, soutenue par une infirmière. Papi offrit de veiller sur elle. Il lui parla de ses compagnons de chambre, des espérances qu'il nourrissait à son égard, il l'assura du sérieux de ses intentions, et ils partagèrent leurs médicaments. Ils passèrent la matinée ensemble, à se promener dans les jardins. Il voulut déjeuner avec elle, mais se rendit compte qu'il y avait une salle à manger pour les hommes et une autre pour les femmes. Il déjeuna donc avec ses nouveaux amis : bouillon de poulet et flan.

« C'est infect, dit Guillermo.

– C'est supposé être de la cuisine saine et molle, dit Eugenio. Bonne pour les gencives et contre les parasites. »

Guillermo leur montra un os de poulet qu'il avait trouvé dans son assiette.

« Je n'en doute pas. Même les parasites ne peuvent vivre de ça. »

Sinesio ne dit rien. Mais tous savaient qu'il n'en pensait pas moins.

Après le déjeuner, le directeur fit appeler Papi. Il lui parla avec douceur et des manières plus agréables que la première fois.

« Bien. Maintenant, vous savez comment on vit ici.

– Oui. C'est affreux.

– Bon, nous faisons ce que nous pouvons. Si ça ne vous plaît pas, je peux vous appeler un taxi.

– Oh, non. Je reste.

– Ah.

– Je ne peux pas laisser Doris seule ici. Elle mourrait de tristesse.

– Dans ce cas… Il va falloir que votre famille… que votre famille cautionne votre décision.

– Je suis majeur et vacciné. Je n'ai pas besoin de caution, mais je vous remercie de votre sollicitude. »

Sur ces mots, il quitta le bureau en emportant un journal. Pendant tout le reste de l'après-midi, les employés usèrent de divers stratagèmes pour le conduire vers la sortie, mais il ne tomba dans aucun de leurs pièges. Un moment vint où il lui sembla qu'ils allaient recourir à la force, mais il se jeta à terre et se mit à crier :

« Aaah ! Aaah ! Ma jambe ! Je me suis déchiré un tendon ! Vous n'allez pas me renvoyer comme ça ? »

Certains visiteurs furent horrifiés de voir le personnel le maltraiter ainsi, et le directeur se vit forcé de demander publiquement à ses employés de traiter Papi avec plus d'égards. Ce soir-là, il retourna dormir avec les autres, qu'il n'appelait déjà plus que « les gars ». Il se servit du journal emprunté au directeur pour abriter son oreiller de la fuite. Cette fois, il parla à ses compagnons de cuites mémorables et de la possibilité de jouer aux dominos. Sinesio restait muet mais approuvait tout ce qui se disait. Papi eut quelques douleurs lombaires, mais il passa une assez bonne nuit. Le mardi matin, on vint de nouveau l'inviter à quitter la maison de retraite. Il refusa derechef et alla retrouver ses gars pour le petit déjeuner : yaourt nature, jus de fruits, et café décaféiné.

« Ce café m'endort, protesta Guillermo. Il est aussi pour les parasites ?

– Oui, répondit Eugenio. Il les rend sains et forts. »

Papi avait l'intention d'aller voir Doris. Il avait gardé son jus de fruits pour le lui apporter. Il sortit de la salle à manger et se dirigea vers le hall central, mais il vit deux employés postés de part et d'autre de la porte du pavillon, comme des gardes. De plus, c'étaient deux types très costauds. Il supposa que ce dispositif pouvait le concerner. Il bifurqua et alla vers les toilettes pour donner le change, mais il y avait là aussi deux gardiens. Et les portes de sortie étaient grandes ouvertes, alors qu'on les tenait habituellement fermées pour éviter les courants d'air. Papi comprit le message. Il recula jusqu'à la porte de la salle à manger. À table, on parlait maintenant des yaourts. Papi avait l'air si triste que les gars se turent en le voyant.

« C'est fini, dit-il. Ils vont me jeter dehors. »

Les autres ne voulaient pas qu'il fût expulsé. Quelques minutes plus tard, Sinesio sortit de la salle à manger pour aller aux toilettes. Les sentinelles étaient encore là. Il alla lentement vers elles, avec sa tête d'acariâtre, sans piper, bien entendu. À mi-chemin, brusquement, il porta la main à son cœur, se mit à trembler et tomba par terre. Pour la première fois depuis qu'il était entre ces murs, il essaya d'articuler quelques mots, mais il semblait que ses muscles ne pouvaient suivre son effort. Les employés postés à la porte des toilettes s'approchèrent pour l'aider, et les autres allèrent chercher l'équipe médicale. Sinesio se convulsait sur le sol. Un groupe se forma autour de lui, qui n'incluait ni Papi ni Eugenio ni Guillermo, lesquels sortirent de la salle à manger et traversèrent le hall pour se rendre au salon, dont ils refermèrent la porte derrière eux. À trois, ils poussèrent le meuble du téléviseur pour bloquer le passage. Puis, avec les manches à balai tirés du placard et leurs bretelles, ils condamnèrent les fenêtres, non sans avoir auparavant plaqué contre leurs vitres des feuilles de papier sur lesquelles ils avaient écrit : ZONE LIBÉRÉE. Quand tout fut terminé, Sinesio se leva du brancard où on l'avait couché, grogna pour que les infirmiers le laissent en paix et regagna sa chambre. Il n'avait pas dit un mot.

Vers la fin de l'après-midi, au moment où Alfredo invitait de nouveau Gloria à aller prendre avec lui une tasse de café, le directeur de la maison de retraite appela Lucy pour lui demander de venir chercher Papi. Lucy apporta des gâteaux à la confiture de lait et lui promit un bouillon de poulet s'il revenait à la maison. Papi refusa les gâteaux à cause du sucre et le bouillon à cause du sel. Ils négocièrent de part et d'autre de la porte. Finalement, Lucy dit qu'elle voulait entrer et lui parler les yeux dans les yeux. Papi accepta à une condition : que les employés ne profitent pas du chambardement pour le jeter à la rue. Le directeur s'y engagea et Papi donna l'ordre d'enlever le meuble du téléviseur de devant la porte. Quand Lucy entra dans la salle, elle y trouva deux tentes constituées de chaises et de nappes.

« Cette nuit, nous camperons ici », lui dit Papi en lui offrant comme siège un pot de chambre renversé.

Il avait l'air d'avoir repris des forces. Même sa peau semblait moins sèche et moins plissée que d'habitude.

« Papi, dis-moi, que fais-tu là ?

– J'emménage.

– Ici ? »

Lucy eut une moue de dégoût.

« Entouré de tous ces…

– De tous ces quoi ? demanda Guillermo.

– On n'est pas si mal, ici, fit Eugenio. Du moment qu'on a la télécommande, l'endroit se défend. »

Lucy essaya de s'asseoir sur le pot de chambre, mais elle glissait de côté. Elle tâcha de reprendre contenance, même si ça n'avait pas été facile, ces derniers jours.

« Papi, t'avons-nous fait quelque chose ? Tu n'es pas heureux avec nous ? Nous sommes ta famille. »

Papi mit la main sur un coussin pour hémorroïdes, avec un trou au milieu, comme les beignets, pour qu'elle puisse s'asseoir plus confortablement. Avec un air de séducteur de cinéma, il alluma une cigarette, mais se mit aussitôt à tousser. Il lui fallut quelques secondes pour récupérer, puis il dit :

« Je crois que pour vous a sonné l'heure de vous passer de ma présence. Il vient un moment, dans la vie, où il faut s'émanciper. C'est dur, je sais. »

Lucy ne sut que répondre. Elle supposa qu'il s'agissait d'une crise passagère. N'importe qui peut en avoir une. De toute façon, elle n'avait pas la force de discuter.

« Mariana m'a dit de t'embrasser. Et Sergio a fait ça pour toi. »

Lucy sortit une feuille de papier de son sac et la lui tendit. C'était un dessin qui montrait Sergio avec ses grands-parents et le chat. Papi portait une jupe et Mamie avait les tubes de l'hôpital qui lui sortaient du nez. Papi fut ému.

« Ce petit sera peintre », dit-il. Ses traits s'étaient adoucis. « Et toi, comment vas-tu ?

– Bien, bien. La maison est bien calme sans toi, trop calme.

– Et Alfredo ?

– Ça va. Dimanche, il est allé faire de l'exercice. Ça lui fait du bien, je suppose.

– Sans doute. »

Il y eut un silence embarrassé, pendant lequel Guillermo et Eugenio essayèrent de se rappeler si Papi était le père de Lucy ou celui d'Alfredo. Finalement, Papi reprit la parole :

« Je vais... avoir besoin de Météoxane. Si je sors en acheter, on ne va plus me laisser entrer. Et si je n'en ai pas, mes compagnons de chambre vont beaucoup souffrir.

– La nuit dernière, ç'a été épouvantable, dit Guillermo.

– Il a failli nous asphyxier ! lança Eugenio.

– Tu veux bien tenter le coup ? », demanda Papi.

Il avait l'air d'un enfant entre deux gardes du corps. Lucy se contenta de hocher la tête.

« Tu es de notre côté ? demanda-t-il encore sans la quitter des yeux.

– En quoi ?

– En tout. »

Lucy regarda les deux autres vieux. Ils se battaient pour la télécommande.

« Ils sont devenus fous. Ils sont tous fous.

– Il y a encore quelque chose que tu peux faire. Tu veux bien ? »

Cette fois, face à la détermination de Papi et aux rougeurs qui avaient envahi ses joues, Lucy eut peur d'accepter. Mais elle lui dit tout de même oui. Quelques minutes plus tard, Papi faisait un énorme effort pour se baisser et glisser un mot sous la porte. C'était une communication dans laquelle Lucy était déclarée otage du groupe, et où l'on proposait de l'échanger contre Doris Rabanal. Le directeur se mit dans une colère noire. Il tempêta et donna des coups dans la porte.

« Madame Ramos, sortez de là immédiatement ! »

Papi avait écrit à Lucy ce qu'elle devait dire. Il avait fait plein de fautes d'orthographe, mais on le comprenait. Elle lut :

« Ils ne me laissent pas sortir ! Je ne sais pas ce qu'ils ont l'intention de faire ! Je vous en prie, il faut que vous satisfassiez toutes leurs exigences ! » Plus bas, elle ajouta : « Papi, je ne peux pas dire des choses pareilles !

– Chuuut, fit Papi.

– Madame Ramos, seriez-vous devenue folle ? Sortez ou nous entrons de force. »

Papi tendit une autre feuille de papier à Lucy. Elle lut en silence ce qu'il avait écrit, et lui dit :

« C'est ridicule. » Mais, devant le geste de Papi, elle lut à haute voix : « Non ! Je vous en prie ! Ne prenez pas ce risque ! Ils sont armés jusqu'aux dents ! »

L'un des compères enleva son dentier et l'agita, hilare. Papi fit signe que ce n'était pas le moment de rigoler comme ça, que l'on pouvait les entendre. Lucy ne put s'empêcher de rire elle aussi. Le directeur continuait de crier. Papi lui fit dire que si l'on ne satisfaisait pas à ses exigences, il appellerait son fils, qui était journaliste, afin qu'il vienne constater la situation. Il dit aussi que s'ils acceptaient l'échange, il s'engageait à quitter la maison de retraite avec ses compagnons le lendemain matin, sans rien exiger en échange. Le directeur fit clairement entendre qu'il ne céderait pas au chantage. Deux heures passèrent. Chacun campa sur ses positions. Les visiteurs commencèrent à s'agglutiner devant la porte de la pièce en demandant ce qui se passait. Quand ils apprirent qu'il y avait une mutinerie, quatre familles décidèrent de retirer sur-le-champ leurs vieux parents de la maison de retraite. Le directeur appela alors son adjoint et lui demanda :

« Qui est Doris Rabanal ?

– Le 360.

– Elle reçoit des visites ?

– Non, aucune.

– Amenez-la.

– Nous allons la faire entrer là-dedans ?

– Et alors ?

– Ne faudrait-il pas prévenir sa famille ?

– Évidemment. Et leur demander d'emmener un journaliste avec eux, peut-être ? Envoyez les pensionnaires dans leur chambre et éloignez les visiteurs pour qu'ils ne la voient pas, puis allez la chercher. »

On conduisit Doris au salon. Avant d'en sortir, Lucy se sépara de ses trois complices avec quelques baisers et quelques rires. Il y avait longtemps qu'elle n'avait pas ri d'aussi bon cœur. Quand elle croisa Doris, elle trouva que c'était une belle femme. Un peu timide, peut-être. Mais peu importait. Dans quelques heures, pour la première fois depuis de nombreuses années, Papi allait passer la nuit sous une tente avec un corps chaud auprès du sien. Il devrait soigneusement tirer les pans des nappes pour se mettre à l'abri des regards curieux de ses amis, mais il saurait arranger ça. Demain, peut-être, sa nouvelle famille l'applaudirait quand il sortirait de là. Sans savoir pourquoi, Lucy se sentait détendue et soulagée en quittant la maison de retraite. Cet agréable état dura jusqu'à son arrivée chez elle. Elle se maquilla rapidement et laissa Sergio sous la surveillance de Mariana. Il ne lui restait que dix minutes avant son nouveau rendez-vous. Elle était sur le point de sortir quand le téléphone sonna. Aussitôt inquiète, elle se demanda si on l'appelait de la maison de retraite pour lui annoncer une catastrophe. Pendant quelques secondes, elle resta debout près de l'appareil, sans oser décrocher. Les enfants s'approchèrent pour le faire, mais ils la virent et attendirent tranquillement qu'elle réagisse. Il lui semblait que le téléphone criait. Ce pouvait aussi être son admirateur secret. Elle décrocha.

La nuit précédente, en se couchant, il avait regardé Lucy. Elle dormait les cheveux relevés en chignon, une main sous le visage, l'autre étroitement refermée sur le couvre-lit. Elle portait un collant. Alfredo regretta le contact de ses pieds. Son visage avait quelque chose de frais, malgré le maquillage. Il glissa une main sous son pyjama et lui caressa le dos. La peau était douce, une vraie peau de bébé. Il enfouit son visage dans les cheveux qui s'étaient échappés du chignon et l'embrassa sur la nuque.

« Je fais tout de travers, dit-il. Je crois que j'ai toujours tout fait de travers. Qui sait quand j'ai commencé à être comme ça, mais... Bon, maintenant, ça n'a plus d'importance. J'aimerais être quelqu'un d'autre. Mais je ne suis que ce que je suis. »

Elle remua un peu le bras et se gratta légèrement le nez. Puis elle retourna à l'immobilité.

« Le fait est que... rien. N'y pense plus. Tout ce que

je voulais te dire, c'est qu'à présent je vais faire les choses comme il faut. Il faut que tu le saches. J'essaierai de t'en parler quand tu seras réveillée. J'espère en être capable. »

Le lendemain matin, une boîte de chocolats et un petit cochon en peluche violet l'attendaient sur son bureau. Juste sur la note d'information concernant le redressement fiscal. Le petit cochon avait une pancarte passée autour du cou où l'on pouvait lire : *groin, groin*. Les chocolats étaient farcis de diverses choses : noix de coco, caramel, rhum. Il pria pour que ce soit le cadeau d'un client, mais la carte de visite était au nom de Gloria. Il vit celle-ci peu après. Elle entra dans son bureau avec un pot de café à la main et un sourire aux lèvres. Il la trouva plus laide que jamais. Elle l'embrassa sur le nez.

« Tu aimes les chocolats ?

– Oui... oui... Merci... J'ai été surpris par le petit cochon.

– C'est parce que j'ai pensé que je pourrais t'appeler mon cochonnet. Tu aimes ?

– Mon cochonnet ?

– Mon petit cochon, quoi... »

Elle lui pinça la joue d'un air complice.

« Je t'ai apporté ton café. On déjeune ensemble ?

– J'ai rendez-vous avec les types de la promotion Euh... Nous parlerons plus tard. »

Il rangea son cochonnet dans un tiroir, sortit la bouteille

de whisky, en versa un peu dans son café et continua de boire pendant toute la matinée, sans bouger de son siège. Gloria entrait tous les quarts d'heure pour voir si tout allait bien et s'il n'avait besoin de rien. Presque chaque fois, il demandait encore du café, et elle le lui apportait en lui volant des baisers ; elle lui lançait aussi des œillades et lui montrait sa langue en l'agitant. Le rendez-vous avec les responsables de la promotion fut annulé, mais il décida de déjeuner au bureau. Il demanda des hamburgers. Elle proposa de lui tenir compagnie. Il dit que ce ne serait pas nécessaire. Elle insista et vint s'installer dans son bureau avant même que toutes les secrétaires fussent allées déjeuner. Elles sortirent avec force saluts et gloussements. Pendant le déjeuner, elle lui parla de sa famille. Elle vivait avec son fils et son neveu. Sa sœur était morte depuis des années et elle s'était chargée de l'enfant. Elle lui montra des photos des deux garçons et lui raconta que son fils avait eu une hémorragie interne, due à une intoxication. Par bonheur, il s'était remis. Elle lui parla de ses meilleures amies de bureau, en vint à lui suggérer que Mariella devrait avoir une augmentation ; il y avait longtemps qu'elle en demandait une et elle la méritait vraiment. Alfredo se déclara d'accord avec tout ce qu'elle disait. Quand ils finirent de déjeuner et pendant qu'ils enlevaient les traces de mayonnaise sur le panier de demandes de fournitures, il lui dit :

« Il faut que nous parlions. »

Le reste de l'après-midi fut tendu. Gloria entra dans le bureau au moins quatre fois, et les quatre fois lui dit à peu près la même chose :

« Tu te sens bien ?

– Oui... Tout à fait bien.

– Tu n'as besoin de rien ?

– Non, si j'ai besoin de quelque chose, je te le dirai.

– Je te trouve froid.

– Je t'en prie, Gloria. Nous parlerons tout à l'heure. Je t'invite à prendre un café. »

En sortant du bureau, elle monta dans sa voiture. La directrice du personnel, qui garait sa voiture à côté de celle d'Alfredo, quitta l'immeuble au même moment et les salua tous les deux avec un sourire amusé.

Cette fois, ils allèrent au café San Isidro, près de l'Olivar. Alfredo espérait n'y rencontrer personne de sa connaissance. Ils s'assirent dans un coin de la terrasse et commandèrent des express. Comme elle cherchait à lui toucher les jambes, il alla s'asseoir de l'autre côté de la table.

« Écoute, Gloria, je ne sais pas... je ne sais pas si la relation que je pourrais t'offrir est digne de toi...

– Tu penses au fait que tu es marié ?

– Oui, par exemple...

– Je comprends. Mais ne t'inquiète pas. Personne ne le saura. »

Elle lui sourit avec coquetterie et lui prit la main.

« Bien entendu, Gloria... Mais ce qui me préoccupe,

c'est toi, tu comprends ? Comment tu vas te sentir… dans cette liaison secrète… ce qui est… très difficile à surmonter, émotionnellement.

– Écoute, j'ai été mariée deux fois. Je ne veux pas moi non plus de liaison dans les formes.

– Ah non ? »

Elle lui sourit, radieuse.

« J'ai seulement besoin de quelqu'un avec qui partager ceci ou cela… m'amuser… aller boire un verre…

– Gloria, c'est que je ne peux pas… Je ne peux pas, tout simplement. Tu comprends ? »

Elle semblait l'écouter avec énormément d'attention. En fait, il n'avait rien à dire. Il balbutia un peu, et elle finit par l'interrompre.

« Je sais ce qui t'arrive.

– Tu le sais ?

– Tu as peur de ne pas… tu sais quoi.

– Je sais quoi ?

– Les hommes veulent toujours se montrer très… hommes. Et quand ce n'est pas le cas, ils deviennent des boules de nerfs.

– Que veux-tu dire ?

– Que je n'ai pas besoin d'un surhomme, tu sais, au lit… » Elle eut un sourire coquin. « Je t'aime pour tout ce que tu es.

– Tu es en train de me dire que je ne… »

Elle lui posa un doigt sur la bouche.

« Chut. Ça m'est égal. »

Alfredo poussa un soupir et commanda un whisky. Depuis qu'il savait sa fin prochaine, il dépensait beaucoup trop en whisky. Il attendit qu'on le lui eût apporté, vida son verre d'un trait et dit :

« Gloria. Il ne peut rien y avoir entre nous. Quoi que tu puisses dire, c'est impossible. Maintenant, je me sens sûr de moi et je vais essayer de sauver mon mariage. »

Gloria garda son calme. Elle baissa lentement la tête et mit beaucoup de temps à reprendre la parole.

« Je comprends. Réfléchis-y tranquillement. Je ne vais pas faire pression. Je ne vais pas te harceler.

– Il n'y a pas à y réfléchir. C'est une décision que j'ai prise.

– Et quand l'as-tu prise, cette décision ? »

Alfredo hésita.

« Quand ? Dis-moi, quand ? Hier soir, après avoir essayé de coucher avec moi pour la première fois ? Ou ce matin ?

– Je comprends que tu sois fâchée, mais je...

– Fâchée ? Moi ? Non, non, que vas-tu t'imaginer. Je ne suis pas fâchée parce que tu t'es servi de moi comme d'un morceau de bidoche pendant exactement dix minutes. Pourquoi voudrais-tu que je sois fâchée ? »

Les gens des tables voisines commençaient à regarder Alfredo. Il voulut caresser la joue de Gloria, mais elle repoussa sa main.

« Gloria.

– Je savais que notre liaison ne pourrait durer. Mais jamais je n'aurais cru qu'elle serait aussi courte.

– Je ne voulais pas te blesser.

– Tu ne l'as même pas envisagé, n'est-ce pas ? Tu n'as pas envisagé un seul instant que nous pourrions passer plus d'une nuit ensemble ! » Sa voix tremblait, maintenant. « Tu n'as pas eu grand mal à me convaincre, après tout, je suis ton employée. Je ne peux pas te dire non !

– Ne le prends pas comme ça.

– Je vais te dénoncer pour harcèlement sexuel !

– Gloria, je t'en prie ! Pourquoi donner à cette histoire plus d'importance qu'elle n'en a ?

– C'est ce que tu t'es dit hier, après m'avoir quittée ? Pourquoi accorder plus d'importance à cette imbécile ?

– Comprends-moi. Je serais ravi de pouvoir continuer de sortir avec toi…

– Mais tu as honte qu'on nous voie ensemble.

– Absolument pas. J'ai ma fierté. Le problème, ce n'est pas toi, c'est moi. Je ne te mérite pas, Gloria. Tu es… trop bien pour moi. J'ai peur de te faire souffrir. »

En s'entendant dire ça, il s'avisa que depuis ses quinze ans il n'avait pas renouvelé les arguments auxquels il recourait pour rompre. Depuis lors, c'était toujours lui qui s'était fait plaquer. À l'exception de Lucy, qui était à ses côtés pour la vie.

« Je suis quoi ?

– Trop… bien.

– Comment ? Tu es un con, Alfredo. Je plains ta femme. Pas parce que tu lui fais porter les cornes, mais parce que tu es un parfait crétin. »

Elle se leva et partit. Alfredo s'efforça de ne pas broncher, de ne pas jeter un coup d'œil autour de lui, en espérant que les regards allaient se détacher de sa personne en même temps que s'éloignait le bruit sec et déterminé des talons de Gloria. Quand elle fut arrivée devant la porte, elle se retourna et lança :

« Et tu es le pire amant que j'aie jamais eu de ma vie ! »

Tout le café se joignit alors au silence sépulcral qui entoura Alfredo. Il régla les consommations, se leva et sortit. À deux cents mètres de là, entre les oliviers du parc, Gloria s'était assise sur un banc pour pleurer. Elle resta quelques minutes le visage entre les mains. Un enfant s'approcha et lui demanda si elle se sentait bien. Elle lui dit que oui, se leva, essaya de respirer profondément et de garder son calme. Ce fut ainsi qu'elle arriva devant une cabine téléphonique et composa le numéro du domicile de son chef.

Quand Alfredo rentra chez lui, Lucy venait de raccrocher. Les enfants étaient à côté d'elle. Elle était très pâle, et il flottait dans la maison une vague odeur de croupi, de moisi. Alfredo demanda des nouvelles de Papi. Lucy se contenta de le regarder sans dire un mot. On aurait dit qu'elle ne le reconnaissait pas. Alfredo sentit à nouveau le vide autour de lui, comme dans le café. Il enleva sa cravate d'un geste décontracté, s'approcha de Lucy pour l'embrasser et reposa sa question. Personne ne lui avait encore dit bonsoir. Lucy annonça que le dîner était prêt. Ils mangèrent des boulettes de viande en sauce et de la purée. Alfredo mourait de faim. Sergio mourait de faim. Mariana avait horreur des boulettes de viande. Ils allumèrent le téléviseur. Il y eut une pub avec des hommes nus qui vantaient un parfum. Alfredo se dit qu'il devrait l'acheter, même s'il ne serait jamais comme eux. Mais c'était un parfum pour femmes.

« Tu es resté tard au bureau, hier soir ? » demanda Lucy.

Alfredo cessa de regarder l'écran. Lucy semblait être assise de l'autre côté du monde.

« Un redressement fiscal. Tu sais comment ils sont.

– Je sais comme ils sont, oui. »

Alfredo se dit qu'il valait mieux changer de sujet. Il regarda Sergio.

« Alors, champion, qu'est-ce que tu racontes ? Tu as joué au foot aujourd'hui à l'école ?

– J'ai trouvé deux cafards et une araignée qui doit être une veuve noire. Tu veux les voir ? »

Il les sortit de ses poches et les posa sur la table.

« C'est immonde ! s'écria Mariana. Avale-moi ces saloperies ou va bouffer dans les chiottes.

– La ferme !

– Du calme, les enfants !

– C'est plutôt à toi de la fermer, toi qui ne parles que de cafards et de rats et qui n'as pas un seul ami !

– Mariana, ne dis pas des choses pareilles à…

– J'ai plus d'amis que toi ! Ici, tu as perdu le chat et, à l'école, tout le monde dit que tu es une pute !

– Saleté de môme !

– Personne ne t'aime parce que tu es méchante !

– Sergio ! Mariana ! cria Alfredo, vous allez vous taire tous les deux immédiatement ou vous serez enfermés dans votre chambre pendant six mois.

– C'est lui qui a commencé !

– C'est elle qui a commencé !

– Je me fous de savoir qui a commencé. Lucy, tu veux leur dire quelque chose ?

– Ta secrétaire a appelé », dit Lucy.

Alfredo devint aussitôt nerveux. Il ne s'attendait pas à cette réponse. Sergio envoya une boulette de viande à sa sœur.

« À propos du travail ?

– Non, justement, non. »

Mariana allait renvoyer une cuillère de purée à son frère, mais, comme lui, elle se mit à observer tour à tour son père et sa mère. Alfredo regardait Lucy. Elle avait tout l'air d'une cocotte-minute sur le point d'exploser, d'une grenade dégoupillée, et Alfredo comprit.

« Tu veux… tu veux qu'on en parle seule à seul, dans notre chambre ?

– Non.

– Tu veux qu'on en parle en famille ? »

Il s'exprimait avec lenteur, comme si le faire vite et à voix trop haute pouvait déclencher une catastrophe.

« Oui, je veux que tu expliques à tes enfants pourquoi tu as une maîtresse.

– Tu as une maîtresse, papa ? demanda Mariana, plus surprise que blessée.

– C'est quoi, une étresse ? demanda Sergio.

– Lucy, il vaudrait mieux que…

– Il vaudrait mieux que tu nous l'expliques en vitesse.

– Lucy, je ne sais pas de quoi tu parles.

– C'est quoi, une étresse ?

– Tu es un morveux ignorant.

– Les enfants, allez un moment dans votre chambre, dit Alfredo. Papa et maman vont…

– Non ! Ils ne vont nulle part, dit Lucy. Papa va nous raconter une histoire.

– Lucy, je ne sais pas ce que t'a dit Gloria, mais…

– Que pourrait-elle m'avoir dit ? Ah ! Mais que pourrait-elle m'avoir dit ?

– J'ai rompu et elle est fâchée ! Elle est folle !

– Pour une folle, elle a une sacrée bonne mémoire ! Parce qu'elle sait exactement où se trouve chacun de tes grains de beauté, chacune de tes cicatrices. »

La voix de Lucy commença à se briser. Elle qui était pourtant une experte en larmes pleurait pour la première fois de rage.

« Elle sait que vous êtes allés à l'hôtel où nous allions, tous les deux, elle sait quels sandwichs tu as envie de manger après l'amour et elle sait de quelle couleur sont les sous-vêtements que t'a achetés ton imbécile de femme et que tu as mis hier !

– Que faisaient-ils dans un hôtel ? demanda Sergio.

– Tais-toi ! Allons-nous-en », dit Mariana.

Elle prit son frère par la main, mais Alfredo les arrêta d'un cri :

« Non ! Tu veux qu'ils entendent ? Tu veux que les enfants sachent tout ? Que nous leur disions toute la vérité ? Très bien. Ton sac. Donne-moi ton sac ! »

Le sac était sur l'une des chaises de la salle à manger. Lucy essaya de s'en saisir avant lui, mais il l'attrapa et le leva au-dessus de sa tête comme un trophée de guerre. Puis il en sortit un billet. Et ensuite un autre. Et encore un autre. Il se mit à sortir des dizaines de petits billets semblables, portant la même écriture. Ils étaient dans les diverses poches du sac, dans tous les compartiments, dans l'agenda et dans la trousse à maquillage. Alfredo se mit à les lire à haute voix. Il dit plusieurs fois des mots comme seins, cul, chatte. Mariana avait honte et Sergio sentit monter en lui une peur qu'il n'avait jamais eue en présence des fantômes.

« Maintenant, miss Fidélité, tempêta Alfredo, dites-nous qui vous écrit ces choses-là. Parle ! Qui t'écrit ces cochonneries ?

– Je ne sais pas », dit Lucy en un murmure.

Sa bouche était pleine de larmes et de morve. Ses yeux étaient rouges. Elle était acculée dans un coin de la salle à manger.

« Bien sûr que tu le sais, puisque tu vas le rejoindre ! Il te file des rencards comme si tu étais une pute, et tu y vas ! Tu vas le trouver ! Comme une chienne ! Pendant que tes enfants jouent avec leurs amis ! Alors ?

– Non…

– Comment, non ? Tu veux que je continue à lire ? Ce n'est pas suffisamment clair ? Tu veux que je te dise ce que tu lui as fait ? C'est écrit là, noir sur blanc, en détail ! Tu veux ?

– Non !

– Qui t'écrit ces billets, Lucy ? Qui te dit des choses pareilles ?

– Moooi ! » Lucy éclata en sanglots entrecoupés, interrompus de cris. « C'est moi qui écris ces billets. »

Mariana prit Sergio dans ses bras. Alfredo se rendit compte qu'il était au milieu de la pièce, sans cravate, avec quelques bouts de papier à la main, comme un prédicateur ou un courtier en Bourse ayant consommé sa ruine. Il avait la bouche ouverte. Lucy avait glissé par terre, d'où elle continuait de répéter que c'était elle, elle, elle qui les écrivait. Alfredo regarda de plus près l'écriture d'un des billets. C'était possible, oui. Et l'encre était sans aucun doute celle du stylo à plume qu'elle lui avait offert pour son dernier anniversaire et dont il ne s'était jamais servi.

« C'était un jeu, disait Lucy, seulement un jeu. »

Ses paroles se dissolvaient dans ses larmes. Sergio eut encore plus peur. Il se dégagea des bras de Mariana, courut à la porte, l'ouvrit et sortit. Ses parents ne firent pas un geste. Au bout de quelques secondes, Alfredo demanda à Mariana d'aller chercher son frère. C'est ainsi qu'il demeura seul avec Lucy. Il s'agenouilla à côté d'elle et resta là, sans dire un mot, pendant un long moment. Il essaya de la caresser, mais elle se déroba. Elle avait cessé de pleurer, n'était plus agitée que par quelques petits tremblements sporadiques. Alfredo attendit encore qu'elle se soit calmée. Il lui caressa le dos, il lui gratta la tête comme elle aimait qu'il le fît, lui toucha les joues, qui étaient froides.

« C'est vrai ? » demanda-t-il.

Elle ne dit rien.

« Je regrette...

– Ça ne fait rien, dit-elle. Je suppose que rien ne fait plus rien, à présent. »

Alfredo essaya d'imaginer la vie sans elle. Dans son esprit n'apparut qu'un grand trou noir. Il ne savait même pas comment on pouvait vivre sans elle. Il avait oublié. Il attendit encore avant de dire :

« Tu ne m'aimes plus ?

– Je ne sais pas. »

Combien de fois n'avait-il pas envisagé une séparation ? Le suicide ? Un raz-de-marée qui emportait la résidence ? La mort de tout le monde ?

« Je crois que... nous devrions nous accorder une nouvelle chance. »

Elle leva la tête et le regarda dans les yeux.

« Combien de temps ? Quelle longueur de mèche allons-nous laisser à la bombe avant qu'elle n'explose ? »

Alfredo l'aima très fort à cet instant-là. Et il la plaignit beaucoup. Il voulut lui dire que la longueur de la mèche était déjà connue.

« Six mois. Nous pourrions essayer pendant les six prochains mois. Peut-être tout va-t-il s'arranger. Pour tout le monde.

– Six mois ?

– Seulement six mois. »

Elle ne répondit pas. Elle ravala ses dernières larmes et sa morve. Il déchira les billets qu'il avait à la main. Ils restèrent encore un moment par terre, sans se toucher. Elle se leva pour aller aux toilettes. Tout son maquillage avait fondu et formait des gribouillages grotesques sur son visage. Lentement mais sûrement, elle se démaquilla. Elle enleva le rimmel et le fond de teint, puis, avec de l'acétone, le vernis à ongles, et elle lâcha ses cheveux. Derrière les vitres de la salle de bains, la brume commençait à se dissiper.

Mais quand Sergio sortit, le ciel était encore bouché. Il les enveloppait pour les engloutir, comme une toile d'araignée épaisse et spongieuse. Voilà ce qu'il se disait en dévalant les marches. Arrivé au rez-de-chaussée, il se dit encore que la seule personne qui pourrait l'aider à échapper au ciel était Jasmín. Il courut chez elle. En arrivant sous sa fenêtre, il lança une petite pierre sur la vitre. Jasmín se montra.

« Tu ne sais pas sonner aux portes ?

– Ouvre-moi ! »

Elle lui ouvrit la porte de la rue mais ne le laissa pas entrer chez elle. Ses parents étaient en train de se disputer dans la salle de séjour. Tous les parents du monde devaient se disputer en même temps. C'était comme un bruit aigu qui leur déchirait les oreilles. Ils montèrent à la terrasse. Elle avait sa Barbie, mais il n'avait pas apporté son Transformer. De là, ils voulurent de nouveau regarder les voisins, mais la brume les en empêcha. Peu importait,

Sergio pensait qu'ils étaient tous pareils. Ils jouèrent à deviner ce que chacun devait faire chez soi, et ils finirent par parler du mort. Jasmín était triste.

« Tu crois que c'est un beau mort ?

– Il ne peut pas être aussi beau que ma grand-mère.

– Il est très gros, tu sais. »

Sergio sauta par-dessus le rebord en ciment de la terrasse. Il s'agrippa des deux mains à la corniche et essaya de descendre en cherchant du pied un appui sur le balcon du 4-B. Le fer forgé sentait la rouille et la corniche s'effritait.

« Il faudrait avoir un hélicoptère.

– Impossible. Les pales cogneraient contre la corniche. Il faut se débrouiller comme ça. »

Il chercha un soutien sur l'appui de la rambarde. Il ne le trouva pas. Il essaya du côté droit pour voir s'il en découvrait un. Ses mains menaçaient de lâcher prise. Il s'appuya contre le fer forgé qui saillait du balcon en tâchant de garder son équilibre. Ce n'était pas facile.

« Tu veux que je t'aide ?

– Ça, c'est une affaire de garçon. Ne t'en mêle pas.

– Les filles aussi peuvent être utiles. »

Sergio regarda vers le bas, mais ne vit que le sol, quatre étages au-dessous. Il comprit que s'il descendait par là, il allait tomber. Il essaya du côté gauche et tâcha d'atteindre la rambarde avec le pied. Il n'y arrivait pas.

« Va vite à la porte, Jasmín. Je vais t'ouvrir. »

Jasmín disparut de la terrasse. Sergio parvint à toucher le haut de la rambarde. Il lâcha la corniche d'une main. Ayant réussi à poser un pied sur le rebord du balcon, il lâcha la corniche de l'autre main. Son pied s'engagea entre deux morceaux de fer forgé. Il voulut baisser les mains pour attraper l'appui, mais, en se penchant, il perdit l'équilibre. Alors, il chercha à se retenir au mur, comme si celui-ci avait des creux et des poignées ; de son autre main, il essaya d'atteindre la porte-fenêtre. À ce moment-là, la rambarde céda, et l'appui fut entraîné vers le bas. Sergio eut l'impression qu'il s'envolait. Un instant, il regretta que personne n'aille ouvrir la porte à Jasmín. Mais sa chute fut brève. Sa jambe s'était coincée sur le balcon. Il sentit une éraflure et resta pendu tête en bas. Il lança les deux mains vers ce qui restait de la rambarde, la saisit, tira fortement et réussit à se redresser. En se servant de ce point d'appui, il dégagea sa jambe, qui lui faisait encore mal, se projeta vers le mur et se retrouva au milieu du balcon. Il poussa la porte-fenêtre. La puanteur qui sortit de l'intérieur parut l'engloutir. L'odeur était vraiment épouvantable. Il courut ouvrir la porte à Jasmín.

« Pouah ! fit-elle.

– Le mort ne prend pas de bain.

– Où est-il ?

– Je ne sais pas. »

Ils coururent le chercher dans tout l'appartement, qui

ressemblait à un champ de bataille. Dans la cuisine, les appareils ménagers étaient ouverts, leur contenu répandu ici et là.

Ils ne purent même pas entrer dans la salle de bains. Elle était encombrée de vieux tiroirs et couverte de poussière. Ils finirent par trouver le mort dans la dernière pièce. Couché sur un lit qu'il occupait entièrement, il était, comme l'avait dit Jasmín, très gros, sentait très mauvais et avait l'air très vert. Ses yeux étaient enfoncés dans son crâne. Sergio constata avec satisfaction que c'était un mort beaucoup plus laid que sa grand-mère. Jasmín était fascinée.

« C'est bien vrai ?

– Oui. Il doit être là depuis des milliers d'années.

– Et ses parents ? Et ses enfants ?

– Ma foi, on dirait qu'il n'en a pas.

– Quelle chance.

– Oui alors.

– Bon. Qu'est-ce qu'on fait, maintenant ? »

Sergio attendait cette question. Il alla tout d'abord chercher deux serviettes de toilette qui ne puaient pas trop, et qu'il noua derrière leur tête, comme il l'avait vu faire dans les films étrangers. L'odeur devint plus supportable. Avec l'aide de Jasmín, il installa le téléviseur juste en face du cadavre. Puis il s'assit sur la jambe gauche du mort, et Jasmín sur la droite. Maintenant, il avait un copilote. Avec quelques livres, il dessina sur le lit la queue de l'appareil. Les bras du mort pouvaient être les ailes. Ils se mirent ainsi à naviguer dans la solitude de l'espace, accélérant à mesure qu'ils maîtrisaient mieux les commandes de l'appareil. Sergio montra à Jasmín où trouver le téléporteur et les canons laser, Jasmín voulut savoir où étaient les toilettes du vaisseau. Quand ils passèrent en vitesse supérieure dans l'hyperespace, M. Braun entra dans la chambre avec son chien. Il s'assit de l'autre côté du lit et fut chargé des télécommunications du bord. Puis entrèrent les deux élèves que Sergio avait vus à l'école. Ils s'installèrent dans un coin pour s'occuper du plan du vol. La dame de l'hôpital, avec sa bouteille de sérum, allait pouvoir se charger de l'artillerie. Et Mamie, enfin, s'occuperait de la cuisine. Mamie cuisinait très bien. L'équipage de la mission interplanétaire était maintenant au complet, chacun avec les responsabilités qui lui convenaient. Tout à l'heure, ils pourraient s'amuser à tuer des insectes et à disséquer des souris. Sergio avait tout prévu. Ils resteraient là très tard, et personne ne viendrait les y chercher. Sergio aurait voulu que ce moment n'ait pas de fin. Il avait envie de demeurer dans l'obscurité chaude de la chambre, entouré de ses amis, de ses jouets, de ses compagnons, car il savait qu'il s'agissait là d'un adieu à eux tous, et qu'il ne les reverrait jamais. Ils allaient lui manquer.

Mariana ne partit pas à la recherche de Sergio quand elle sortit de la maison. Elle non plus n'avait pas envie d'y revenir. Elle fit un tour de la résidence sans but précis, en essayant d'imaginer son père avec une maîtresse. Il baisait sans doute comme cet imbécile de Javier. Elle songea qu'il ne restait pas grand temps avant qu'elle soit majeure et puisse quitter la maison. Il était aussi possible de partir avant.

En passant devant le dernier immeuble de la résidence dans cette direction-là, elle rencontra Katy devant l'entrée. L'envie la prit de lui lancer quelques insultes, mais elle préféra faire comme si elle ne l'avait pas vue. Katy agit de même. Mariana suivit son chemin. Dans le parking, Juan Luis se disputait avec Mari Pili. Il mettait des valises dans le coffre. Elle criait. Mariana traversa la route, se dirigeant vers l'inconnu, pour fuir tout ce qu'elle connaissait. Le chat était là, au coin de la rue Salaverry. Elle courut pour l'attraper.

Il était amoché, l'un de ses yeux et sa queue saignaient, il avait le poil sale, presque noir, et il boitait d'une des pattes de derrière. Même dans cet état, il courait comme un bolide. Mariana le poursuivit jusqu'à l'un des immeubles. Il était entouré d'arbustes derrière lesquels le chat s'était caché. Mariana les contourna pour voir si elle pouvait le tirer de là de l'autre côté, mais le chat la fuyait. Quand elle s'approchait de lui, il courait se réfugier là où elle était auparavant. Elle allait l'abandonner quand elle vit Katy derrière la haie. Sa première réaction fut de s'éloigner. Puis elle changea d'avis.

« Le chat est là, dans les buissons. Tu peux le guetter de ton côté ? »

Katy allait lui répondre vertement, mais elle se dit que le chat n'était coupable de rien. Elle se pencha et lui barra le passage. En la voyant, le chat alla se jeter tout droit dans les bras de Mariana. Qui le reçut en l'embrassant. Puis elle le regretta. Il pouvait avoir attrapé une maladie pendant sa fugue. Elle le caressa. Le chat tremblait. Katy s'approcha.

« Il est dans un sale état.

– Il sera allé tirer son coup dans le coin.

– Sans doute. »

Katy s'assit. Toutes les deux avaient les yeux baissés, sur le chat. Katy se mit elle aussi à le caresser. Il avait un poil emmêlé et gras.

« Il y a longtemps qu'il s'est échappé ?

– Depuis hier.

– Il n'y a pas si longtemps que ça.

– Mais on dirait qu'il est vite devenu un vrai petit cochon, non ?

– Oui. »

Elles rirent sans encore se regarder dans les yeux, tout en continuant de caresser le chat, pendant que le ciel s'éclairait au-dessus de leurs têtes. Un moment plus tard, par pur hasard, leurs mains se frôlèrent sur le dos sale et ensanglanté de l'animal.

Le chat fut reçu à la maison comme un héros. Ils durent l'emmener chez le vétérinaire, mais ils lui permirent de conserver ses couilles. Au bout de quelques jours, il avait retrouvé sa fière allure et le fauteuil de Papi, où nul autre que lui ne s'asseyait plus. On lui donna même un nom : Rocky.

Rocky aimait passer l'après-midi à s'étirer et à se lécher dans le fauteuil. Il aimait aussi se faire les griffes sur les accoudoirs. Lucy ne les lui coupa plus. Pour comble de bonheur, l'odeur ne revint pas le tourmenter au cours des semaines suivantes, et il oublia même la haine mortelle qu'il vouait à la chatte qui se frottait contre la lance d'arrosage. Vivre en haïssant une femelle que l'on ne voit pas n'a aucun sens, n'est-ce pas ?

Si quelque circonstance lui rappelait une expérience triste et douloureuse de son passé, Rocky se pelotonnait contre le dossier du fauteuil, les yeux rivés sur l'écran du téléviseur. Chaque fois qu'il le faisait, les Ramos y apparaissaient, tous ensemble ; ils sautaient sur le lit matrimonial, mangeaient ou jouaient aux cartes. Mariana se montrait gentille et serviable, et présentait à la famille son premier amoureux officiel. Sergio amenait toujours des amis à la maison pour goûter ; ils prenaient du lait et des biscuits. Ce qui plaisait à Alfredo, c'était de passer son temps à la maison avec les enfants ou seul avec sa femme. Souvent, Sergio leur demandait de ne pas tellement s'embrasser en public. C'était un peu désagréable. Papi était là, lui aussi, toujours souriant, à raconter ses aventures. Tous l'écoutaient, même Mamie, impressionnés par ce qu'il avait vécu. Et, pour finir, même lui, Rocky, apparaissait sur l'image.

C'était la partie qu'il aimait le mieux regarder. Le plus souvent, il entrait en scène en sautant sur les genoux de Lucy ou de Sergio. Il ronronnait, se frottait la joue contre eux, et toute la famille lui grattait la tête, lui caressait le dos, et rivalisait pour lui donner à manger des morceaux de poisson ou de vrai jambon et pas de la nourriture en boîte. Le paradis. Quand il voyait ça, Rocky se relaxait intensément et fermait les yeux pour dormir. Lentement, il se laissait gagner par le sommeil et l'écran du téléviseur disparaissait de sa vue. En réalité, même si ce qu'il y voyait lui plaisait, il pensait qu'il valait mieux ne pas le regarder, faire comme s'il n'était pas là. Après tout, l'écran ne montrait que des fantômes, et il n'est pas bon de croire en eux.

RÉALISATION : PAO ÉDITIONS DU SEUIL
IMPRESSION : CPI FIRMIN DIDOT À MESNIL-SUR-L'ESTRÉE
DÉPÔT LÉGAL : AVRIL 2009. N° 90280 (94525)
IMPRIMÉ EN FRANCE